武村淳

# 百年を啼く鶯

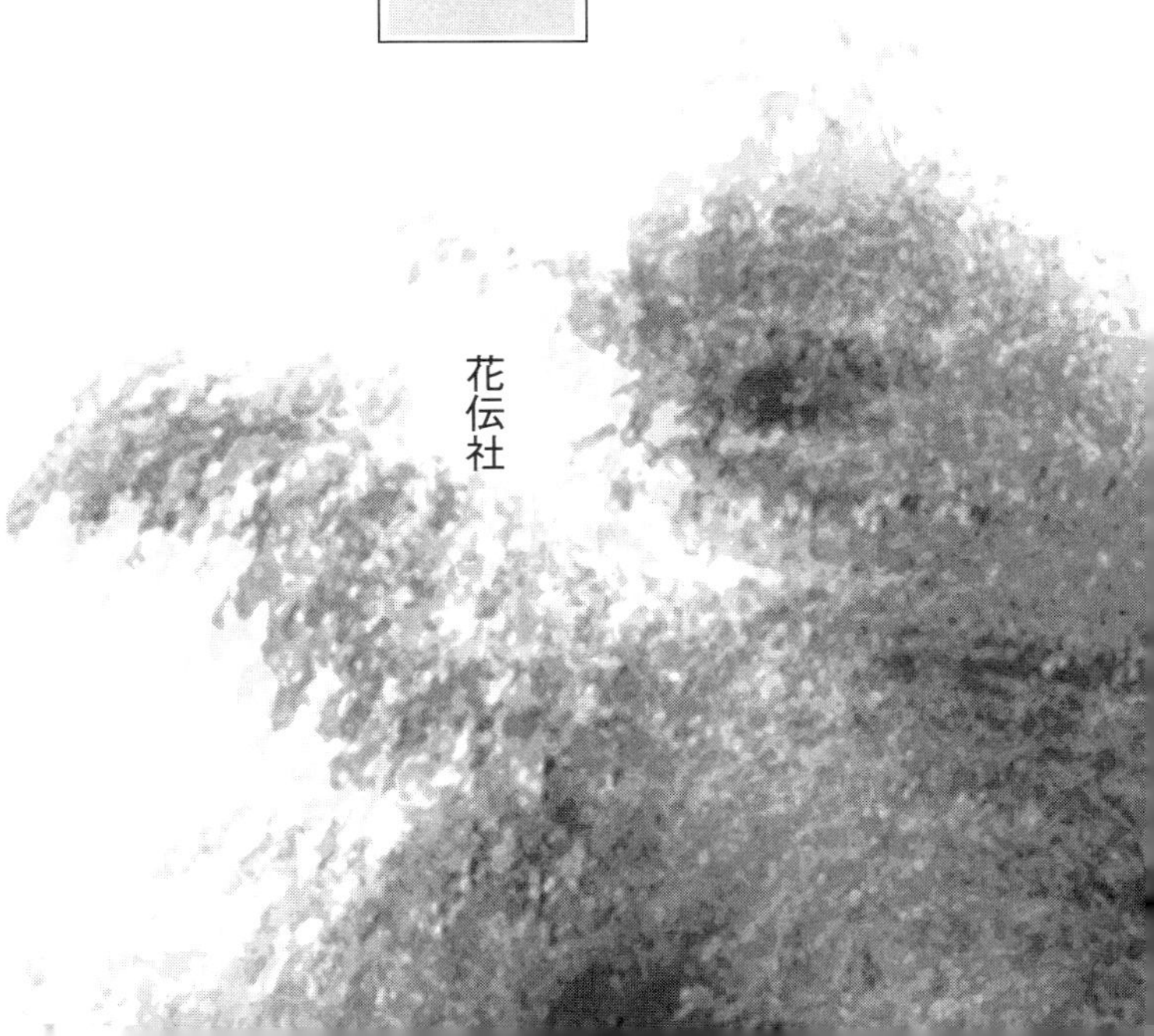

花伝社

百年を啼く鶯◆目次

# 目次

# 百年を啼《な》く鶯

あさまだきの庭に鶯が啼き始めた。蔓延《はびこ》った夜の残滓《ざんし》を追い払い、凍《い》て付いた空気を叩き割る。溶け残った雪が伏せる地面が、戒めから解かれるように目覚めていく。色を潜めた山桃の葉は折り重なったまま、冷気に耐えた葉身の緊張を解《ほぐ》した。枝垂《しだ》れ梅も長い闇を厭っていたかのように赤い蕾を覗かせた。

軒先に吊るした籠の中で喉を反らせると、鶯はもう一度身体を震わせた。草色の体毛は老い耄《ぼ》れているが、天賦の舌は自若として火の粉を吐くようだ。黒金黐《もち》の葉末を穿って目白《めじろ》が飛び立ち、素早く椿の花へ渡った。

洋蔵爺さんの眠りも途絶えてまどろみに浮かんだ。光の届かぬ揺籃の海に漂う。襖から一日の芽吹きが洩れている。茶碗のぶつかる音。水流の断続音。まな板を叩く包丁の音。……。部屋の冷気が顔を刺し、掛け蒲団を目許まで引き上げる。

再び目覚めを促す爆《は》ぜるような啼き声が閃いた。

………よくも……啼き続けた………

爺さんは秘めやかな恵みに感謝した。庭の樹々、草木羊歯《しだ》類、芝にその音色は染み込み、成長の糧となっている。妻も殺伐とした生活への潤いとして恩寵を受けるように愛《め》でている。子供達も健気な小鳥の奥深い胎動を耳にして、年輪《としわ》を重ね、巣立って行った。

だが、この恵みは不可思議な本の表《おもて》表紙に過ぎないことが最近わかった。以来、裏表紙に貼り付いた戸惑いは覆うべくもなく、手にする指間から洩れ出しては心を揺すった。

目蓋を開けると、障子を染み通って洩れ来る光は、まだ眠っている。天井の板目も定かではない。鶯の啼き音をもう一度聴こうと耳を欹《そばだ》ててみる。

薄暗い海原のような静寂の中に、遥か昔の叱責を聴いた。

……だめよ！　逃がしてあげて！……

純子の声だ。

分厚く滞る雲間に白光の帯が立ち、海面は俄かに沸き立った。たちどころにして戸惑いの内圧が胸の奥で高まっていく。圧力に抗し切れない小箱の蓋が飛ぶように表表紙《おもて》が開いた。


あれは……戦争が終わって、何年か経った……確か高校生のときだった。

俺は友達が捕らえた鶯が羨ましかった。どうしても欲しくて、細木で編んだ鳥籠を携え、鎮守の杜へ深く分け入った。可愛がっていた中学生の純子を連れていた。社殿裏の杉林を抜けて雑木林を越えると、竹林の中で鶯の声が喧《かまびす》しかった。木漏れ日がさざめく草叢の小道を離れ、足音を忍ばせて鬱蒼とした林の中へ踏み入った。気味悪がる純子は嫌がったが手を引いて後ろに従わせた。踏み拉《しだ》く乾いた竹の葉がわざとのように騒ぎ、俺達の歩みを遮った。頭上を覆う竹の葉は陽の光を緑色に変え、精臭を放つ若竹が緑の肌を剥き出し、林に籠った空気は葉緑素を溶かしたように神々しかった。

姿は見えぬが、鶯の啼き声が林立する竹の狭間を駆け巡る。四方八方から渡って来る。深い緑の空気を貫き、嬉々として視線を巡らした。必ず一羽は捕まえてみせる。俺は腰を屈め、鳥籠を小脇に抱いて、足音を殺して進んだ。

頭上に竹の葉が騒ぐ音がした。立ち止まり、膝を曲げたまま見上げて目を凝らす。既に余韻さえ掻き消され、微動だにせず静まり返っている。ここだと思った。振り返ると純子は泣きそうな顔を作り、早く帰ろうとせがんでいる。一顧だにせず無視した。人差し指を唇の前に立てて声を出すことを阻んだ。

鳥籠を落ち葉の上に置いた。学生服のポケットから用意してきた鳥餅を取り出す。それを竹の幹にたっぷりと貼り付け、籠の中に入れてきた毛虫を三匹くっ付けた。毛虫はもがき、身体をくねらす。その姿が丁度、鶯を誘《おび》き寄せる格好となる。準備ができると純子を促して罠を離れ、太い青竹の陰に身を潜めて首尾を見守った。

林の中は鶯の谷渡りが籠り、奥深い静けさがひび割れて緑の妖気が渦巻いている。青い匂いが鼻を突いて下腹を蠢かす。祟りがあるから帰ろうと、純子は学生服の袖を引く。

緑の妖気を蹴散らす俊敏な羽音を聞いた。小鳥が急降下し、罠に突進した。しめたと思った。だが小鳥はすぐに飛び立ち、竹の幹間に姿を消した。どうも毛虫を食い千切ったようだ。息を潜めて耳を研ぎ澄まし、辛抱強く待たねばならぬ。

騒ぐ胸の鼓動が苛立たしかった。

慌しい羽根の震えが再び静寂を弄《いたぶ》った。小さな鳥が罠に向かって飛行した。今度こそはと祈って手を合わせる。果たして鳥は飛び立たず、激しい羽音と緑の闇を切り裂く叫喚が罠に絡みついた。俺は籠を手にして突進した。

緑の鳥が足を鳥餅に取られ、もがいていた。褐色の娟斑がある。羽根を傷付けぬように掌に捕らえ、細い足から鳥餅を外して素早く籠に入れた。小鳥は狂ったように籠の中で暴れ回る。

純子が漸《よう》く辿り着いた。

「鶯だ！　どうだ、よかろうが！」

誇らしげに純子の鼻先に示した。喉を嗄《か》らして鶯は叫び、身体を格子壁にぶつけてくる。

「やっぱり、だめよ！　逃がしてあげて。可哀想でしょう！」

「やかましい！　その内おとなしくなるけん、心配せんでよか」

苦労して捕まえた獲物を逃がすことなぞ思いも及ばない。

目的を果たすと、薄気味悪い竹薮を早く逃れようと駆け出した。純子も、待ってよとあとを追う。その声に目もくれず、俺は盗人《ぬすっと》のように一目散に逃げた。神が飼う聖なる小鳥を奪い取った罪悪感が鞭打ったのだ。林に棲む緑の妖魔から襟首を掴まれるのを恐れたのだ。

竹林の出口に辿り着くと漸く一呼吸吐いた。籠の鶯は赤子のように鳴き騒いでいる。薄暗い林の中には、緊迫した谷渡りが折り重なって響き合い、鼓膜を焼いた。

純子は置いてきぼりにされたことへの怒りと同時に、祟りに脅えた表情を浮かべて戻ってきた。もんぺとセーラー服に纏い付いた竹の葉屑を払いながら訴えた。

「洋《よう》兄ちゃん！　逃がしてあげて……恐いわ」

「暫くしたら、逃がすさ……」

可哀想という気持ち、生き物を凌辱する罪悪感、神への畏れは確かにあった。が、宝物を手にした気持ちが勝《まさ》っていた。純子の縋る両目を、激しい視線で威圧して俯かせると、背中を向けて帰りを急いだ。

神木が居並ぶ薄暗い小道を俯いたまま、黙りこくって歩いた。純子は学生服の後ろ裾を握って放さない。後ろ引く力に、追い縋る妖魔の手を疑い、振り向いて確認せねばならなかった。小脇の籠では、鶯が暴れ回った。身体を壁にぶつける毎に、天地への畏怖が襲い、俺の心は戦慄《わなな》いた。

苔葺いた社殿へ近づくと人の騒ぐ声が聞こえた。葉影が斑《まだら》に落ちる狭い神前で騒動が起こっていた。三人の中学生が蹲《うずくま》る男を取り囲み、棒切れを振り降ろして罵詈雑言を浴びせている。女学生が二人、賽銭箱に腰掛けて囃し立てている。一人は鈴を打ち鳴らす。

「町から出て行け！」「汚ねぇ！」「この虫けら！」「もっとやれ！」

憎しみを込めた悪態を吐き掛け、手心無しに暴行を加えている。

「やめてくれー！」

間《はざま》に助けを請う哀れな悲鳴が上がっている。襤褸布《ぼろぎれ》のような男は頭を両手で庇ってやられるまだ。俺は鳥籠を純子に預けて駆けた。

暴行する一人が振り上げた棒を後ろから奪い取り、威嚇した。

今度は俺に棒切れを振り向け、憎悪をたぎらせる。女学生も一斉に罵声を発する。

「こいつはらいだ！」「ばい菌だ！」

蹲る男は貧相な顔を縋るように差し向けた。髪は伸び放題で肩に掛かり、髭が顔を覆っている。痩せこけた顔の血の気は失せ、目だけが異様に緊迫している。口許に鮮血が一筋垂れている。穴の空いた鶯色のマントがはだけ、身を包むぼろぼろに破れた服は蓑虫みたいだ。

「社会の敵だ。邪魔するな！」

毬栗頭《いがぐり》の小僧が俺に棒を振り下ろした。肩に強烈な痛みが走った。すぐさま反撃を開始した。

俺は喧嘩が強かった。こいつらは噂を知らなかったようだ。瞬く間に中学生どもを叩きのめした。

地面に這いつくばった三人は女生徒に介抱されながら、捨て台詞を残して神前を去った。

俺は握り締めた棒を地面に放り投げた。

純子は、俺ではなく、倒れた男へ駆け寄った。鳥籠を地面に置き、ポケットからハンカチを取り出した。俺は咄嗟に声を上げた。

「らいだ！　近づくな！」

一旦顔を振り向けたが、純子は口許の血を拭ってやり、抱え起こした。大丈夫ですかと安否を気遣う。

「離れろ！」

思わず大声を上げた。漸《ようや》く反応して純子は手を放した。男は済まないと力ない声を絞った。マントを手繰り寄せて身体に巻き付け、頭巾を深々と被って悲しい目を俺に向ける。饐《す》えた匂いが漂った。

鳥籠を拾い上げようと近づいた。

「おっちゃん、ここはもうやめたがよか。他ば探したがよかばい……あいつらはまた来る」

鳥籠を持ち上げながら精一杯の親切心を示した。神の御物《ぎょぶつ》を盗む後ろめたさが捌《は》け口《ぐち》を求めたのかも知れない。純子もしゃがんだまま頷く。

「兄ちゃん、ありがと……何か、お礼ばしたかばってん……」

「そんなもん、いらん！」

鳴き騒ぐ鶯を籠ごと揺さぶって、苛立ちを吐き捨てた。

「早《は》よ帰るぞ、純子！」

籠を両手で支え持ったまま背を向ける。

「兄ちゃん、鶯ばおとなしゅうしてやろか……俺は鶯飼いの名人たい」

踏み出す足を止めた。本当にできるのだろうか……。

純子もしてもらったらと促す。吹っ切れぬ思いが胸の中に蟠《わだかま》っていた。おとなしくなれば罪悪感も軽くなると考えた。

振り向いて男の前に歩み寄り、鳥籠を差し出した。

「但し触るな。そいでん、でくっか!?」

「大丈夫たい……暫く目ば閉じとってくれんね」

俺は屈み込み、異臭を放つマントの裾から僅かに離した地べたに鳥籠を置いた。傍で純子が背を向けて目を閉じる。俺も倣《なら》った。目蓋を閉じたとき、鶯が殺されるのではないかと一瞬危惧した。羽根がばたつく音がする。飛び回っている間は大丈夫だ。音が止めばすぐに振り向くさ。殺されたら倍にして仕返ししてやる。覚悟を決めて指示に従った。

男は訳のわからぬ呪文を唸り始めた。祈祷師なのか。待った。羽ばたきが断続的に聞こえている。切羽詰まった低い鳴き声もしている。大丈夫だ、生きている。辛抱強く待った。

こいつは詐欺師かも知れん、と疑り始めたとき突然、男の嬌声が轟いた。耳を塞いで耐えた。痩せ衰えた身体のどこから湧くのか。おずおずと耳から両手を放すと、唸り声は続いていた。だが羽音がなかった。俺は慌てて目を開けて振り向いた。純子は両手で耳を塞いだまま蹲っている。

鶯は止まり木に乗って首を盛んに振っていた。男は目蓋を閉じたまま、やせ細った指で印を結び、最後の呪文を尻細りに終えた。目蓋を開けると印を解き、塩鯖《しおさば》に似た虚ろな視線を向けた。

「これで鶯は百年の命を得た」

「……」

俺は信じなかった。が、それはどうでもよかった。鶯の狂騒が収まったのだ。純子も詰るのを止めるだろう。振り返った純子も、嘴《くちばし》を閉じて首を傾げる穏やかな鶯を目にすると、顔を上気させた。

「おじさん、ありがとう！」

初めて男は口許を僅かだが弛めた。

もう用はない。セーラー服の袖を引いて神前を逃げ去った。


過去の一点に貼り付いた染みのような記憶であるが、洋蔵爺さんは忘れることはできない。それ以来五十年、この鶯は庭先で啼き続けた。不思議なことだ。あの男が言ったように百年の命が付与されたのかも知れない。

特に今朝はその啼き声が、流れ落ちる花火の残照のように、心に白い影を引き摺っている。混沌と乱れる余韻が頭蓋の底で暫くのあいだ波を打つ。

襖が開いて妻が起こしにきた。

「とおちゃん、起きんね。純子さんに会うとやろが……」

皮肉っぽい物言いだ。忽ち鶯の余韻が消え失せてしまった。

気のない返事をして目を開けた。障子から洩れ来る光が天井の渦巻く木目を晒していた。障子を少し開くと、椿の真紅の花弁《はなびら》が角膜を射貫いた。まだ庭の空気は凍えたまま身動きさえできないでいる。根元に白猫のような解け残った雪が蹲っていた。

大学を卒業して市役所職員になった年、純子は姿を消した。秋大祭の夜、鎮守の杜で無理やり抱いたのが悪かった。怒った純子は以来逢ってくれなくなった。結婚の約束をしていたので、その内機嫌も直ると高を括っていたが、結果は逆で、心配を尻目に忽然と姿を消した。二つ下の弟の勉《つとむ》から事情を聞くと、両親と喧嘩した翌日、手提げ鞄一つで家を出たとのことであった。両親は警察へ届け、捜索してもらったが見つからなかった。

そのまま時は過ぎ、既に五十年が経過している。当然死んだものとみんな思っていた。

それが突如、生きていることを知らされた。一週間前、勉《つとむ》が電話してきた。墓参りに帰るというのだ。嘘だと思った。どういうことだと問い詰めたが、わからないと言う。直《じか》に姉に聞いてくれとの一点張りだった。

………鶯は……純子の現身《うつせみ》だったのだろうか………

窪寺町にある沼沢家の菩提寺で待ち合わせた。勉の指示だ。

洋蔵爺さんは冷気を吸い込んだ白壁に挟まれて歩み、鏡常寺山門の石段を上った。門前の黒くすんだ板塀の隅に寒を避けた。

空は雪雲に塗り込められて陽の光は射貫けず、地上の影は奪われていた。狭い通りの両脇に並ぶ白壁は、時の変遷に抗うことなく空の色を映して色褪せている。壁を抜けた木立は季節の輪廻に耐え、痩せた梢を寒風に晒している。落ち遅れた枯れ葉が風を怨んで脅えている。居並ぶ古式ゆかしい甍《いらか》の並に恨みがましい枯れ葉が漂い、時折襲う突風に捲《めく》れて位置を変える。

外套《コート》の襟を立てて山高帽を目深に被り、蝕む寒気に耐えた。

山門階下にタクシーが停まり、年老いた男女が降りてきた。一人目は灰色の半外套《ハーフコート》を着た勉だ。続いて降りて来た花束を抱いた女が純子か……。

豊かな髪は銀色である。黒い外套《コート》との不調和が歴史を食い破った不可思議を醸し出している。

勉が顔を上げて声を掛けてくる。

女も顔を上げた。萎えた細面。整えた銀髪が眉を隠し、鼻線が深く刻まれている。眉骨の下に二重の瞼が落ち込み、目が大きく見える。もう七十に近いはずだ。本当にあの純子だろうか。

洋蔵爺さんは掛ける言葉に詰まり、目を細めてただ頭を下げた。

靴音が緩やかに入り乱れて石段を蹴り、山門前に至った。

「姉さんたい」

勉があらためて紹介した。背の高さはこれくらいだったと思うが、目付き以外は別人のようだ。過ぎ去った年月が脳裏に刻んだ幼い面影を奪っていた。蝉の抜け殻のように硬い印象が時を掻い潜った苦労を忍ばせている。

「洋蔵です……」

それ以上言葉にならず、目覚めた亡霊を畏怖するように蒼褪《あおざ》めた顔を見詰めるばかりだ。純子もただ見詰めるだけで言葉を失い、同じ思いに襲われているかのように立ち尽くした。流れた歳月は二人を遠く隔ててしまったようだ。唖然として視線を絡め合い、互いの無事だけは確認した。

さあ行こうと、勉が紡ぎ始めた視線を引き千切った。

頭を剃り上げた若い住職に挨拶を済ませ、土間を抜けて本堂の裏口から墓前へと向かう。

腰を曲げた梅の老木の並木を潜った。黒く尖った枝が覆い被さるように頭上に張り出し、三分咲きの赤と白の蕾が風に震えている。

並木を抜け、墓場に入ると、勉が先頭に立って案内した。風雪を忍び林立した墓石の間隙は色もなく臭いもなく、ただ落莫とした時間だけが染み渡っていた。墓陰に解け残りの雪が縋《すが》るように萎縮している。幾つもの角を曲がって沢沼家の墓に至った。石を積み上げた土台の上に二段の礎石を重ね、その上に家名を縦に彫り込んだ墓石が聳《そび》えている。黒い御影石だ。

勉は墓石の陰で線香に火を付け、線香立に立てた。純子も持ってきた仏花を備え付けの花立に供える。ライターを勉から受け取り、線香を手向けた。洋蔵爺さんも従った。頼りない煙が寒風《さむかぜ》に解《ほつ》れ、臭いが鼻先に散った。三人はそれぞれに手を合わせた。

「母さん……一目でも会いたかった……」

純子の肌寒い声が洩れ、煙に塗《まみ》れて消えて行った。勉は横で合掌したまま目を閉じている。

洋蔵爺さんは不審に思った。もう少し早く連絡すれば母親の死に目に会えただろうに。一週間前の生存確認では、既に四十九日も過ぎていた。あんなに心配していた母親も、一目無事な娘の姿を見たかったであろうことは、推測に余りある。合掌した手を解いて語り掛けた。

「お母さんも会いたかったでしょうね……」

「………」

純子はハンカチを取り出して目頭を拭った。そのあと骨壷を出してくれと願った。勉は墓石の下に設えてある納骨所から、真新しい白布に覆われた骨壷を取り出して渡した。純子は胸に抱き留め、頬擦りして涙を滲ませた。

「母さん……」

言葉に詰まり、骨壷を抱いたまま座り込んで忍び泣いた。

勉は父親の骨壷も取り出し、無言のまま純子の顔前に差し出した。

「父さんの……」

純子は黄色い染みで汚れた骨壷も一緒に抱き抱えた。父親は二十年程前に亡くなっている。

冷たい突風が吹き抜け、銀髪が乱れて細髪が逆立った。蹲った純子は慟哭を堪《こら》えているのか、置き去られた石のように動かなくなった。ただ閉じた目許から零れる涙が頬を伝って二つの骨壷を濡らしていた。

雲が降りて来た。天空に一隅の光明もない。雪の前触れだ。墓石は為すがままに風の跳梁を受けている。支離滅裂な風が取り囲む墓石に断ち切られて渦巻き、怨念にも似た唸り声を上げている。枯れ葉が一枚､居並ぶ墓標の上を舞い、徒花《あだばな》のように沢沼家の墓石に降り掛かって緡り落ちた。

「姉さん、雪が降る前に帰ろう……」

勉が肩を叩いて促した。純子は黙って二つの骨壷を返した。立ち上がって涙を拭うと、充血した目を洋蔵爺さんへ向けた。

「お恥ずかしいところを見せてしまい、済みませんでした……このあとお時間を頂けないでしょうか……謝らねばならないことがありまして……」

「こちらこそ……」

洋蔵爺さんも謝っておかねばならないと思った。今更どうしようもないが婚約をしていた仲だ。

勉が納骨所の石戸を閉めると、敷居に溜まった砂を拉《ひし》ぐ不快な音が耳を苛立たせた。腰を上げながら眉間に皺を寄せた。

「姉さん、俺は先に帰るが、今後のこともよく考えてな……」

陰に籠った小狡《こずる》そうな口調だ。洋蔵には目礼だけ残し、半外套《ハーフコート》の裾を翻して足早に墓石の波間に姿を隠した。

洋蔵爺さんはどこかで昼食をしようと誘った。だがそれは不要と頑なに拒んだ。仕方なく墓場を逃れて梅並木を抜け、話ができる場所を探した。

不審が募った。能面のような顔には取り付く島がない。何故、久し振りの帰省を喜ばぬのか。何故、こんなに心を閉ざしているのか。掛ける言葉がないではないか。それだけ過ぎ去った五十年が長過ぎたのか……。

小雪が舞い出した。風に吹かれて二人の外套に纏《まと》い付いては消えていく。首を竦めて肩を窄《すぼ》めるとますます言葉は胸に溜まった。

話の継穂《つぎほ》を探しながら歩くと、本堂と山門の間の広場に至った。奥まったところに建つ黒塗りの鐘楼が艶をなくして小雪に巻かれている。葉を落とした大きな楡の木の傍らに藤棚が設けられ、長椅子が置いてあった。純子は座るよう促した。横木を三本渡しただけの透かしの腰掛けに降った枯れ葉を払い、心ならずも腰掛けた。尻も暖まりそうにない。見上げると、竹竿の棚の上に楡の梢が節くれだち、鋭い棘を針金のように伸ばしている。小雪はいとも簡単に枝々を擦り抜け、降り掛かってくる。左手の本堂を覆う丸瓦が弧を描いて流れ落ち、黒い津波のように押し寄せて来ていた。

「こんなところで済みません……」

横に座った純子は鐘楼に目を遣って切り出した。恣意的に感情を殺した声を耳にすると、逆に洋蔵爺さんは溜まった思いを吐き出した。

「私から謝ります」

失踪の原因である伊佐暮神社の秋大祭で傷付けたことをまず詫びた。

「どうしても純子さんに会って謝罪して……本当は許してもらいたかった……」

次に、純子が姿を消して以来、七年間待ったこと。純子の両親の許可を得て婚約を解消し、純子の友達だった工藤宮子と結婚したこと。それらを話した。

洋蔵爺さんはポケットから手を出して膝に揃え、純子の方へと向き直る。純子は大粒の涙を零した。洋蔵爺さんは深々と頭を下げる。慌てて純子も身体を向けると、爺さんの両腕を取り、頭を上げてくれるよう頼んだ。

「今となっては虚しいだけです……」

「そうですね……だけど謝らねばならないのは、私のほうです」

涙を止めることなく身体を捩り、俯く爺さんの顔を下から覗き込んだ。

「実は私……」

後続の言葉が喉の奥に戻った。洋蔵爺さんは繋いだ視線をそのままにして顔を上げると、出掛かった戸惑いの言葉を待った。純子の涙が頬の上で凍り付いた。

爺さんはいつまでも待った。あの七年間、ひたすら待ち続けた答えが出てくるのかも知れない。何故、失踪するほどまでに自分を怨むのかわからなかった。悔悟と苦悩は胸に積もり、解けることはなかった。七年間に比べれば僅かの時間のはずだ。

周りの物象も聞き耳を立てて微動だにしない。小雪だけが銀色の髪に落ちては息絶えて行く。ただ耳を研ぎ澄まし、戸惑う唇から秘密が洩れるのを待ち続けた。

銀色の新たな涙が頬を一際強く蛇行して流れ落ちたとき、時空もそのまま凍り付いた。

「ごめんなさい……ハンセン病だったのです」

純子が掴む両腕が小さく震えた。鼓膜を破るほどの衝撃だった。鐘楼の鐘が耳元で強打されたみたいだ。洋蔵爺さんも弛んだ涙腺が思わず切れた。涙が滲み、純子の姿が解《ほど》けるようにぼやけた。これまで心の中に張り詰めた氷のような疑念も一挙に砕け、崩壊して形をなくした。涙を拭うことなくただ頷いた。

洋蔵爺さんの腕を放して、舞い狂う小雪に欲しいままに凌辱されながら、純子は経緯を話してくれた。

成人式を迎えた春、右腕に赤い斑紋が現れた。母親に話すと、勤めていた銀行は辞め、もう外に出るなと戒められた。訳がわからず数ヶ月が過ぎ、母は私を部屋へ呼んだ。腕を引き寄せて衣服の袖を捲り、斑紋が変わらないことを確かめると、涙を流して理由《わけ》を話した。私の遠い親戚に同じ娘がいた。らい病と診断され、瀬戸内海の小島に収容された。残った家族は世間の人に冷たくあしらわれ、父親は生業《なりわい》の食堂を閉めた。三人いた子供達も就職ができず、結婚もできなかった。一家は夜逃げし、いまでも行く方知れずになっている。

「洋蔵さんとの結婚は諦めておくれ……よかったら療養所へこっそり行ってくれないかい……」

憤怒と失意の中、自らの運命を呪った。当然決心はつかなかった。時間は刻々と過ぎ、病状が進んで指の力が抜け出した。秋祭りの夜、あなたに誘われて出掛け、抱かれたとき思った。この人を守らねば……。決心した。私が消え去れば、何事も無く、全てうまく行く。両親と打ち合わせて、家族の前で些細なことを理由に言い争い、家を出た。

喪服を着た仏事の参列者が足早に石畳を駆け、次々に本堂へ上がって行く。息絶えた年月が慰めの読経を聴こうと順番に吸い込まれて行くようだ。

「ごめんなさい……他に手立てが無かったのです……」

「……………」

洋蔵爺さんはできるものなら抱き締めてやりたかった。

参列者を包む喪服が両目を黒く塗り潰す。失った年月を一挙に背負った魂は圧《お》し拉がれ、苦悶の飛沫《しぶき》を上げた。手を差し伸べることも叶わず、ただ膝に載せた拳を握り締めていた。

……あのとき打ち明けてくれたら、何ができたであろう……

胸の中で砕けた氷が再び凍り始めた。伊佐暮神社の境内にいた男に冷たい仕打ちをしたことが思い出される。餓鬼を追い払うのが精一杯の思い遣りだった。純子もそれを見ていた。そのあと大人達が騒ぎ、警察に通報したのを覚えている。

「純子さん……辛かったねえ……」

他人事のような言葉になった。だが、それが掛け得る唯一の言葉だった。打ち明けてくれたらよかったのにと言えば、嘘になっただろう。自らに自信がない。

「洋蔵さんこそ辛かったでしょう……七年間も待っていてくれたなんて……ごめんなさい……」

病気は治り、五十年間熊本の療養所にいることを付け加えた。

「純子さんの苦労に比べればたいしたことはないです……ところで今後、帰って来るのでしょう」

「そうしたいけど……わかりません……」

言葉を濁した。皺が浮いた顔を雪空へ向けて、恐れもなく小雪を受ける。

洋蔵爺さんは予防法が廃止されて退所できることを新聞で知っていた。

「帰って来ませんか……何も無いところですが、故郷の野山はいいですよ……そうそう、あの鶯も待っていますよ」

「あの鶯って……？」純子は顔の雪をそのままに顔を向けた。

「ほら、昔、一緒に捕まえた鶯ですよ。元気にまだ啼いていますよ……今から見に来ませんか」

即座の返答は無かった。暫く間があった。再び顔を雪に晒して答えた。

「今日は時間がないので……」

きっと喜んでくれると思っていたのだが……。

雪が勢いを増し、躊躇《ためら》いもなく落ち始めた。純子の黒い外套に群がった雪は溶けもせずに積もっていく。肩は既に白髪と同じく白くなっている。本堂の甍も鐘楼も白い斑《まだら》となって姿を隠し始めていた。

最後に、今日の話は口外無用と釘を刺された。

五十年振りの帰省を喜ばぬ純子は不自然だった。洋蔵爺さんは翌日、魚屋を営む勉の家を訪れた。

勉は店先で忙しそうに魚をさばいていた。ゴム前掛けから出した腕を引いて、自ら奥の応接室へ上がり込んだ。奥さんは出掛けているようだ。勉は渋々魚臭い前掛けを外して縁側に置き、ソファーに腰を下ろした。頭に巻いたタオルを外しながら素っ気無く、姉さんは帰った、と訪問を毛嫌うように言い放った。洋蔵爺さんは、何故あんなに姉さんは心を閉ざしているのか、と率直に問うた。いつもは気安い勉だが、口を噤《つぐ》んで腕を組み、視線を落とした。

洋蔵爺さんは鎌を掛けた。

「勉、おまえ、姉さんを困らせているのじゃないのか」

「そげなこつはなか……」

勉は顔を上げずに、痩せた身体をザリガニのように丸めた。洋蔵爺さんはこんなとき、勉が何か隠していることを知っている。子供のときからその習性は変わらない。身構える態度に現れている。正直なのだ。

「純子さんは療養所にいるってな……」

何でもわかっているぞと誘いの餌を投げた。すると忽ち、鋭い鋏を振り翳して飛びついた。舌打ちすると、忌々しげに骨筋立った拳を膝に打ち下ろして悪態を吐いた。

「余計なこつは言うなと、あんなに言ったのに……ばか姉ちゃんが！」

やはり隠している。更に追い詰めてやった。

「何でばかなんだ。勉の方がばかじゃないのか」

いきり立った酒焼け顔を振り上げて、餌に喰らい付いた。

「洋《よう》兄さん、俺も帰って欲しかよ。ばってん、世間は忘れとらん。わかるやろ。一番上の孫娘は婚約中たい。他の孫達も年頃……どげんすればよかつね……」

苦虫を噛み潰して泣きついた。作戦は成功したが、釣り上げたザリガニは煤《すす》けた紅殻《べんから》に似た古色を帯びていた。洋蔵爺さんは純子の顔に宿る虚ろな翳の意味を知った。泥がこびりついて錆びた鏡と剣、解《ほど》けた骸《むくろ》が散乱する黴臭い古墳の底を見る思いだ。

「ばかやろう！　姉さんの好きなようにさせろ」

込み上げる怒りをそのままに、同情を求めて言い逃れる勉をどやしつけた。唇を捻じ曲げたザリガニは釣り糸を引き千切って逃げ去った。

絡み付いた一筋の蜘蛛の銀糸に曳かれるように、洋蔵爺さんは熊本の療養所を訪れた。

黄色い砂塵が春空を覆い、太陽は光を奪われて天に萎えていた。入口の桜並木では花弁《はなびら》がほろほろと零《こぼ》れ、この一ヶ月渦巻いた疾《やま》しさを宥《なだ》めてくれた。

約束の本館入口で純子を待った。三日前、所内を見学したいと電話で頼んでみた。一瞬戸惑ったようだったが受け入れてくれた。

玄関脇に掲げられた日章旗が揺らぐことなく垂れている。静まり返った緑葉と落ち着いた建物の佇《たたず》まいが、病気の暗い印象とかけ離れ、純子を待つ混沌とした心に一滴《ひとしずく》の安堵を与えて滲ませた。

純子は柄物のワンピースに青いカーデガンを羽織り、建物の陰から現れた。陽気のせいか、顔も幾分明るく見える。挨拶を交わし、春の装いに溢れた舗道を案内され、寝起きする住いへと向かった。途中数人の後遺症を残した老人と擦れ違い、純子は笑顔で挨拶を交わした。車椅子の一人が、ご家族ね、と親しく声を掛け、いいえと言葉を返したが笑顔は絶えなかった。

住居は狭い畳部屋に台所が付いた簡素な作りだった。電気炬燵の前に座り、お茶を待った。暖かくなった光が部屋の奥まで忍び込み、畳を物憂げに隈取っている。庭には水仙、三色菫など草花が黄色く掠れた陽光に濡れていた。

背の低い箪笥の上に戒名も色褪せた位牌があった。夫は死んだのだろうか。本棚には背表紙がひしめき合って大小の本が並んでいる。そういえば若い頃、純子はいつも本を読んでいた。炬燵の上に単行本が置いてある。台所から声がした。テーブルの上の本は洋蔵さんへあげます。洋蔵は本を手にした。立派な装丁だ。「地底に飛ぶ蝉」。

盆に茶器を載せて運んできた。対面に座ると、純子は白い磁器の湯呑に茶を注ぎながら、昨年出しましたと言い添えた。洋蔵爺さんはページを捲りながら感心した。短歌だ。難しい漢字が踊って文字列が形成され、歌が並んでいる。爺さんは仕事に忙殺され、趣味の一つさえ持つ余裕も無かった。救われる思いだ。見失った純子の歩んだ生き様を垣間見ることができるだろう。丁重に礼を言って鞄に仕舞った。差し出されたお茶を手にして本題に入った。

「勉が余計なこと言ったのでしょう……何も気にせず、帰って来ればいいですよ」

可能かどうかわからないが、そうして欲しかった。純子は答えることなく、お茶を啜った。眉一つ動かすこともなく、葉をもがれた木立のような表情を保っている。

「宮子も純子さんが帰って来るのを楽しみにしていますよ。それに友達も。年を取ってしまったけど由枝も、恭子も、富雄も……元気にやっています」

「その気持ちは山々ですけど……」

言葉を濁して視線を外し、庭を見遣った。決心はつかないらしい。思うような返事は聞けなかったが、洋蔵爺さんも気持ちを伝えて心安まった。

庭に視線を遣る。温《ぬる》んだ光が草の緑を包んでいる。風が吹くと纏った光を振り解いて散らしている。小さな花の周りに蜜蜂が数匹飛び回っている。止まったり、跳ねたり。花弁の中に潜ったり。他愛もない昔話をして、純子の表情が弛んだあと尋ねた。

「あの位牌……旦那さんは亡くなったのかい……」

「……」

口にした湯呑を持つ純子の手が一瞬止まった。湯呑を静かに下ろし、庭へ視線を逃がす。打ち解けていた顔が瞬く間に翳っていった。触れてはいけないことを尋ねたようだ。やはり口外できぬ物語と屈辱が纏い付いているのであろうか……。

話題を変えようとした矢先、純子が躊躇《ためら》いがちに口を開いた。だが視線はそのまま庭の草花に残していた。

「このまま……胸の奥に仕舞って……おこうと思っていたのですが……」

意味有りげな話し振りだ。洋蔵爺さんは畏まった横顔に漫然と目を遣り、耳を傾けた。

「こうして二人でいますと、遠い昔のように何事も話せるような気がします……神様の悪戯《いたずら》を怨みたい気持ちです……ここに洋蔵さんがいらしてくださったのも、神様の悪ふざけかも知れません……この位牌も来られる前に片付けておこうと思ったのですが……今までの五十年、一緒に暮らしてきたものを隠すのも何だか不自然で、そのままにしておきました……たぶん洋蔵さんは気付くだろう。それは予想していました。しかし何もおっしゃらなければ、そのままにしておこうと思っておりました……決して洋蔵さんを困らせるために話すのではありません……」

小さな羽を振るい、微かな羽音を響かせ、巡り来た春を飛び回る蜜蜂を眺めながら、遥か昔の思い出を語り始めた。

あれから療養所へ来て……暫く経って……妊娠していることに気付きました。私は産むかどうか迷いました。お医者様と婦長さんに堕胎《おろ》すよう再三説得されました。一方では、子供は病気もなく生まれると同僚から励まされ、また私の病気も治るはずと思い、拒否し続けました。両親に手紙で相談しました。案の定、頼むからそんな子供は産まないでおくれ、お国の指示に従っておくれ、と返事が来たのです。帰ればいくらでも産めるというのです。決心できないでいる内に、子供はお腹の中で八ヶ月になってしまいました。悩んだ末、最終的に産むことにしました。ところが堕胎の説得は人を変え、方法を変えて執拗に続きました。遂に私も、我が子が同じ病気になるのが恐くなりました……負けたのです。療養所方式の出産に同意しました。

硝子窓に雨垂れが這う日、苦しみの中で男の子を産みました。病気はありません。早速、看護婦さんが産湯を使わせて世話をし、私の傍に寝かせてくれました。但し母乳を吸わせることは許されません。産着《うぶぎ》の上から抱き締めて泣き続けました。看護婦さんが蒲団の傍から離れた隙に、氷砂糖を溶かして脱脂綿に浸し、吸わせたことがあります。名前もない男の子は喜んで吸ってくれました。当然です。産まれて以来、何も与えていなかったのですから。私は自らを鬼と思いました。お腹を空かせて泣き叫ぶ我が子に、どんなに母乳をあげたかったことか……。私はその感情を押し殺したのです。三日目、看護婦さんが日課としての湯浴みに子供を抱き上げて連れて行きました。そしてそのまま帰って来ませんでした。

「残されたのは、この小さな位牌と骨壷だけでした」

純子は感慨も込めずに話を終えた。ずっと庭で働く蜜蜂達の健気な営みを目にしていた。

狼狽した洋蔵爺さんは白洲に座らせられたように項垂《うなだ》れたまま目を閉じていた。春の光にも盲《めし》い、暖かな空気も凍り付いていた。純子の心の中で一点に凝縮していた闇が一挙に爆発し、洋蔵爺さんを呑み込んでいたのだ。深い闇の底に押し流され、蹲《うずくま》るのみだった。何を語ろう。何を伝えよう。自らの言葉は既に死に絶えていた。否、姿さえ収縮して消え失せたかのようだった。

「洋蔵さん、ごめんなさい……また苦しめてしまって……洋蔵さんを責める気持ちは毛頭ありません……ここを魔物の巣窟だと思わないでください。鬼と化した自らを悔やみ、以来死んでしまった息子と自らの醜悪な魂を供養しながら静かに暮らしております」

全ての罪を背負った慰めの言葉が闇を貫き、洋蔵爺さんの胸を縛った。逃げ惑うことも叶わないほど時空は乾涸《ひから》び、固着している。鬼は自らのことだった。

苦しみもがく青大将の姿が突如脳裏に浮かんだ。伊佐暮神社の境内に迷い出た蛇を捕まえて弄《もてあそ》び、2B弾（爆竹）を口の中に入れ、爆発させたことがある。中学生のときだ。姿のおぞましさと、滑《ぬめ》る動きが恐怖を呼び起こすという理由だけで、蛇は忌み嫌われた。見つけ次第追い掛け回し、残虐な仕打ちを加えるのが習わしだった。青大将は身を捩り、地面を飛び上がってのた打ち回った。餓鬼どもは2B弾に火を放ち投げつける。火薬の煙と臭いが立ち込め、次々と炸裂する。蛇は声も上げ得ず、怒りを鱗のざらめく動きに表し、青光りのする醜い長身を自らに絡ませた。餓鬼どもは最後に悪態を口々に吐いて、尻尾を掴んで神林の中へ放り込んだ。

今、蛇の姿が自らに重なった。祟りと思った。だが切り裂かれた老体は逃げ出すこともできず、ここにとぐろを巻かざるを得ない。胸の中に放り込まれた爆発物が次から次に炸裂して行く。内臓は絡まりのた打ち回っていた。幾千億の脳細胞は全て懺悔の光を発している。五感は一斉に作動を止め、どんな残忍な拷問も受け入れるほど平伏《ひれふ》していた。

「洋蔵さん……今度私がお伺いして、鶯を見せてもらって宜しいでしょうか」

純子は尻尾を掴まえて地獄の深淵へ放り投げることはしなかった。逆に呪われた闇の一部を剥ぎ取ってくれた。破れた穴から手を差し伸べ、闇の底に屍のように棄てられた爺さんの手を引いてくれた。顔をおずおずと上げると、恩寵を垂れる慈悲深い眼《まなこ》に出くわした。洋蔵爺さんは縋り付いた。

「頼むから、それだけでもしてくれないか……」


桜の花を散らす風雨が止んだ朝、籠の鶯がこよなく啼いた。

洋蔵爺さんは少し寂しかった。五十年以上、この庭で啼いてくれたのだ。その声を聴くのも最後と思うと感慨深い。硝子戸を開けて籠の様子を窺う。鶯は餌皿に止まり、頭を突っ込んで練り餌を啄んでいる。

療養所から帰ってわかった。朝毎の啼き声は純子の嗚咽だったのだと。腐れた耳はその声を五十年も愛でてきた。お目出度いことだ。真実を眼前に突き付けられるまで欺慢性は暴かれはしない。歴史の裏側をとうとうと流れる虐げられた真実は、首を絞められ土の中に埋められていた。洩れ来る呻きを鶯は告げようとしていたのか……。

今日、純子と二人であの竹林に鶯を返してやろうと思う。男は百年生きると言った。まだ五十年の歳月が残っている。今からでも遅くない。純子を失って以来、唯一の思い出として飼ってきた。純子の生存も確認できた。鶯の役目は終わった。これ以上、籠の中に閉じ込めておくのは罪の上塗りだ。

今夜、純子は自宅には泊まらない。洋蔵爺さんの家に泊まることになっている。電話の話では、勉の了解が取れないという。もう死んだことになっているので、頻繁な出入りは世間に波風が立つという。金はいくらでもやるから、おとなしくしていてくれと頼んでいるらしい。洋蔵爺さんは、それなら我が家に泊まればいいと誘った。

鶯は狭い籠の中を間断無く跳ね回り、止まり木に止まって喉を反らした。小さな胸を精一杯膨らませる。嘴が開いて赤い喉が閃く。啼き声が一際高く轟いた。縛《いまし》めを解かれることを知っているのか。雲のない蒼褪めた朝空が慄き、庭木の葉々が一斉に襟を正して息を潜めた。

純子は昼前にやって来た。水色のセーターの上に肌色のジャンパーを掛け、紺色のズボンを履いて軽装だ。宮子がかいがいしく面倒を見た。幼馴染なので二人とも親近感があるようだ。深い同情を表わして労《いた》わった。純子も陰鬱な表情は見せず、極めて陽気に振舞ってくれた。心得ているようだ。

洋蔵爺さんは純子から聞いた話は全て宮子に伝えていた。だが卑怯にも、葬り去られた子供のことは隠しておいた。その方がうまく行くと判断したのだ。これからの残りの人生、宮子と純子が許してくれるなら、できることはしてあげたいと思っている。

庭草履を履いて軒下に立ち、純子は鶯を眺めた。年老いた羽根の緑は掠れているが、元気に動き回る姿は涙を引き摺り出したようだ。ハンカチを目頭に当てて拭った。

「本当にあのときの鶯ですか……」

窓辺に座る老夫婦に背中を向けたまま尋ねた。

宮子が答える。

「そうですよ。逃がしてあげなさいと言っても、純子さんとの思い出はこれしかないと聞かなかったのですよ……若い頃、私が嫉妬して入口を開けようとすると、凄い剣幕で怒鳴られることがしばしばでした」

そう言って慎ましく笑った。

純子は嬉しかった。目から下をハンカチで隠し、洋蔵の庭に微かに残った自らの痕跡を盗み見た。不思議なものだと思う。あれだけ逃がしてあげてと頼んだ鶯だったが、ここにいてくれて良かったと思う。朝毎に啼いたであろう。昼間は目を楽しませたであろう。夜毎、餌を替えて水を注ぎ足し、手を煩わせたであろう。そのようにしていつも、洋蔵の側に仕えたのであろう。この五十年、洋蔵の心の中に棲んでいたに違いない。

「あの竹林に返してあげようと思うが……どうだろう」

洋蔵爺さんは純子の背中に予てからの計画を語った。

純子は一瞬迷ったが、その方がいいと思った。襤褸布《ぼろぎれ》のような男は百年生きると保証したことを覚えている。本当だという確証はないが、既に五十年生きている。普通の寿命の五倍以上だ。本当に魔法を掛けたのやも知れぬ。不本意に半分を籠の中で暮らした。でもまだあと五十年残っている。仲間と共に故郷で生きるのが一番いい。洋蔵の側を離れ、手を煩わせないのは癪《しゃく》だが仕方がない。

「これから五十年、大丈夫でしょうか……」

純子はハンカチを顔から外して振り向いた。

大丈夫だ、と洋蔵爺さんは頷いてみせた。

「それがいい、逃がしてあげなさい。純子さんが帰られた恩赦……但しこれは、嫉妬じゃありませんよ」

宮子は相槌を打って笑った。

ささやかな昼食を済ませると、洋蔵爺さんは鳥籠を下げ、純子を連れて出掛けた。魚屋の前の通りは避け、畑中の道を辿って鎮守の杜へ至った。小さな町だ。洋蔵爺さんは幾人もの知り合いに出会った。その度に声を掛けられ、純子を遠い親戚と紹介した。

卯月の空は雨で洗われ、おぼろげな雲がゆったりと渡っている。降り込んだ雨が気化して土の香りが立ち昇っていた。神社参道の桜並木は折り重なる葉が萌え出して、緑の匂いを振りかけた。伊佐暮神社の社殿は十年前に建て替えられた。白木の柱と戸板に、立ち並んだ木々の葉影が零れて貼り付いている。人の姿は無く、凛然とした空気が佇んでいるのみだ。純子は社殿の前に立ち止まって振り返り、大きな溜息を吐くと、昔と変わらぬ風情に懐かしさを口にした。

「社《やしろ》だけは綺麗になったけど……あのころの静けさや匂い、光を弾く木々の趣きはそのままですねえ……」

洋蔵爺さんもそう思う。神木の配置も落ち葉の位置も何ら変わりない。二人が若ければ再び恋の続きができるのかも知れない。だが五十年の歳月は険阻な峰として立ちはだかり、二人の人生を余りにも隔ててしまった。

籠の鶯が騒いだ。故郷《ふるさと》の匂いに反応しているのだろうか。爺さんは先を促した。社殿の裏からあのときと同じように竹林を目指した。木立の中の小道は草が刈り込まれ、手入れが行き届いている。木漏れ日に顔を弄《もてあそ》ばれながら歩いた。

竹林に至り、歩道を離れた。昨夜の雨で降り積もった竹の枯れ葉が水を含んでいる。踏み出す度に足元の落ち葉の堆積から水分が漏れ出した。不快な音が林の中へ広がっていく。あの日と同じく鶯の啼き声が千々に静寂を破り、高い竹の葉々の下に籠っている。

そこここに黒い皮に包まれた筍が芽を出していた。若竹がひ弱に伸び出し、若い匂いを発散している。緑の粉が溶け込んだような湿潤な空気と混ざり、胸を詰まらせた。

洋蔵爺さんは成長した青竹を支えにして前へ進んだ。純子は枯れ葉に滑らぬよう、腰を屈めて着いて行く。時折遠くで物音がした。動物が警戒して身を隠すのであろうか。

鶯を捕まえた場所は忘れた。五十数年も前のことだ。本当はそこへ返したかった。立ち止まって振り返ると、竹の幹間に見えていた仄白い歩道の光も届かなくなった。鶯の谷渡りが響いている。

年老いた二人は腰を屈め、洋蔵爺さんは鳥籠を枯れ葉の上に下ろした。鶯はうろたえたように格子に掴まっては別の格子へと渡り、頻りに位置を変えている。落ち着かないようだ。

爺さんは扉を開けた。

鶯は格子を飛び跳ねるだけで出て来ようとしない。籠を揺すっても出て来ない。洋蔵爺さんは手を突っ込んだ。鶯は逃げ惑い、羽根をばたつかせる。

「飛び立つまで待ちましょう」

昔と変わらぬせっかちさに、笑いながら純子は諭した。

二人は鳥籠から離れて見守った。期待をよそに鶯は、止まり木に止まったまま動かない。暫く竹の幹に姿を隠して覗き見たが、だめだった。爺さんは野性をなくしたのだろうかと首を傾げる。

純子はそうかも知れないと呟いた。

二人は声を潜めて相談した。

明日の朝までこのままにして、飛び立たなかったら、今まで通り爺さんが飼うことに決まった。

五十年間の罪悪と悔悟が解き放たれることを祈りながら、老人二人は忍び足で竹林を抜け出した。


鶯の啼かぬ朝は物足りなかった。

夜半から激しい雨が降り続いている。庭の木々も下草も雨に打たれて項垂れている。早起きの老人達は朝餉の湯気を顔に纏いながら心配した。

「大丈夫でしょうか……鶯……」

「問題ないと思う。餌は十分入れておいた……」

「そうですよ純子さん。今頃嬉しそうに、啼いてますよ」

昨夜《ゆうべ》、純子は蒲団の中で幾つも寝返りを打った。何故飛び立たなかったのだろうか。いくら牢獄でも、五十年間慣れ親しんだ日常があったのではないだろうか。飛ぶ能力は確かにある。何故か籠の外へ出るのを忌諱《きき》していた。野生に返すのは無理だったのかも知れない……。そんな心配を、硝子戸を叩く闇雲《やみくも》な雨音が打ち消して、ようやく眠りに就いた。

再び不安が這い上がってきた。純子は箸を下ろし、口の中の物を慌しく呑み込んだ。

「すぐに迎えに行きましょう」

宮子が持ち上げていた味噌汁の椀をそのままに諭す。

「この雨が野性を呼び起こすかも知れません。待ちましょう……子供が巣立つのと同じですよ」

純子は溜息を吐いた。それから箸先を咥え、庭に降り注ぐ雨軸を恨めしげに見遣った。

雨の勢いは衰えを知らなかった。この天気では竹林に入るのは難儀だ。どうしても行きたいとせがむ純子を老夫婦は宥め透かして、雨止みを待った。

とうとうバスの出発時刻が迫った。純子は洋蔵爺さんに、雨が止んだらすぐに見に行くよう何度も念を押して、帰って行った。


翌日は昨日の雨を嘲笑うかのように朝から晴れ上がった。

朝食を済ますと爺さんは、長靴を履いて出掛けた。竹林の中はまだ瓦斯《ガス》が立ち込めていた。鶯が盛んに啼いている。雌鳥を誘う甲高い啼き比べが微笑ましい。放した鶯も加わっているはずだ。軍手をした手で竹の幹を掻き分けて進んだ。瓦斯《ガス》が一昨日の光景を乱し、行く手を隠している。

方向を見失い、目を凝らして辺りを見回したとき、遠くの瓦斯《ガス》が枯れ葉の上を早足に動いた。掠れた瓦斯《ガス》の足元に鳥籠がかいま見えた。洋蔵爺さんは枯れ葉を踏み拉いて近づいて行く。

遠目に見ると籠の中に鳥の姿はない。飛び立ったようだ。安堵した。純子も喜ぶだろう。五十年来の希望だった。

息を弾ませ、鳥籠の際に立った。

願いは一瞬にして木っ端微塵に砕け飛んだ。

水滴を宿した鳥籠の中、雨を含んで萎《しお》れた枯れ葉の上、濡れた羽毛が多量に散乱している。

鼬《いたち》か、狸か、蛇か……それとも……。定かではない。

愚かさに打ちひしがれ、その場に片膝を突いた。
見渡すと、張り詰めた瓦斯《ガス》に漂い、緑の妖気が至るところに渦巻いていた。

完

原告番号八八九番

台地を焼いた悍《おぞま》しい太陽が火焔を収め、金峰の山影へ落ちた。草陰に難を避けていた虫達が這い出し、腹癒《はらい》せがましい雄叫びを上げ始める。桃色の残光に染まった西の空にはいつしか金糸のような新月が浮かび、息を吹き返した星々が東の空に散らばり始めた。薄紫の闇が菊池野へ降りると、溜息のような風が湧き、草木《そうもく》の葉末は安堵に揺れた。

浩光爺さんは夕食後の散歩道を辿った。いつも連れ添う美沙婆さんは法事へ出かけ、今日は一人だ。ほろ酔い気分に浮かされて、紺色に染まった木々が立ち尽くす公園をそぞろに歩くと、踏み締める深い芝が足許を揺らめかした。散歩道は雑木林の中の小道へと続く。

宵の微光は覆い被さる木々の葉が吸い尽くし、地面のでこぼこは闇に均《なら》されている。酔っ払いの目には葉陰から洩れる頼りない薄闇だけが覗いていた。足裏が頼りなく這うと、寂しげなこおろぎの声さえ途絶え、静寂が身体に染み込んだ。薄気味悪い。

小姑《こじゅうと》のような婆さんの伴がないと清々するが、やはり心許ない。破れ口から放たれる細事《こまごと》を聞く訳ではないが、足元のおぼつかぬ夜道はそのくだらぬ話が魔除けとなる。詩吟でも唸らねば、樹間から妖魔が手を伸ばしてきそうだ。

走り出したい衝動を抑えて、ようやく雑木林を抜けると、再びたそがれの光景が展開していた。腰ほどの夏草が一面に生い茂り、虫の音が地面を揺るがすほどに響き出している。その遥か向こうに金峰の山々が静かに横たわり、残光は稜線沿いに解《ほど》けて断末魔のように灰色掛かって萎えていた。

物の怪に縛られた緊張が一気に解けると、浩光爺さんは小便を催した。先程飲んだビールが膀胱内で揺れ、慌しく出口を求めている。散歩道を外れ、両手と膝で夏草を掻き分けた。

雑草がひとところ途絶えて亜鉛引の覆いが被せてある古井戸に出くわした。放尿には手頃だ。伸びた草に小便をかけると飛沫の返りがある。井戸の縁ならうまく地面へ滴り落ちるだろう。そう判断してズボンのチャックを下ろした。

闇に沈み行く金峰の山塊を目にしながら放尿を開始した。稜線の上に置き去られた新月は大地に名残を惜しむかのように金色の光に潤んでいる。

尿線は井戸の覆い蓋を叩き、虫の音に負けず劣らず、迸《ほとばし》り鳴った。辺りに生温かいビールの匂いが発ち込めた。下半身を強張らせた重荷が抜けていく。

勢いが衰え、放物線が萎えた。

蓋の下縁に煉瓦の割れ目があり、そこに放尿線が砕けると、くぐもった声が湧いた。

「誰！　水を流すのは！」

女の声だ。

浩光爺さんの放尿は途端に止まり、辺りを見回した。

誰もいない。雑草の間から高く伸び出した蔓草《つるくさ》が物憂げに揺れているだけだ。しかし確かに声がした。立小便を見咎める井戸の守り神なのか。爺さんは小さな罪悪感を覚えると、下腹部の不満が残っていたが、腰を振り、チャックを上げた。

確かにこの井戸には曰《いわ》くがある。昔、追い詰められて自暴自棄となった療友が身を投げたと噂が残っている。そのことを思い出すと不気味さが身体を搏ち、慌てて踵を返した。

「どなたですか！」

再び声がした。

浩光爺さんは襟首を捕まれたように、身を屈めて井戸の方へ振り向いた。やはり誰もいない。背筋を凍った蛭が這い回り、血を吸われているかのような気分に襲われる。血の気が頭から地面に急激に落ちると、思わず下半身が脱力し、草の上にへたり込んでしまった。逃げ出そうにも砕けた腰はままならない。

「済みませんが、蓋を開けてくれませんか」

煉瓦の割れ目から声が洩れているようだ。

投身した女の霊が彷徨《さまよ》っているのだろうか……。しかし俺に助けを求めるな。井戸の底に追い詰めたのは俺ではない。助けてやるべき奴は他にいる。貼り付いた女の声が逃がすまいと身体を縛る。言い知れぬ恐怖が極限に達したとき、身体は慄いていたが、爺さんは哀れを催した。

井戸から出たいのであろう。訳あってここを死に場所に選ばざるを得なかったに違いない。だが、蓋を開ければ何が起こるか予想がつかない。災難が降り掛かるやも知れぬ。

爺さんは迷った。

もう一度、開けてくれと声が洩れた。今度は声が震え、縋るように嘆願している。

生きた心地はしなかった。立小便をした祟りだろうか……。つくづく美沙婆さんを連れてこなかったことを悔やんだ。

結局、逃げ出すことを決意した矢先、亡霊は三度《みたび》哀願した。

悪いことはしませんからお願いします。

その哀訴に、亡霊の呪いを恐れて覚悟を決めた。同じ療養所の仲間だ。願いを叶えてやった恩人には危害は加えないだろう。半分やけっぱちな思いで蓋を開けてやることにした。すると不思議なことに腰が持ち上がった。亡霊が掛けた呪縛に引かれるようだ。怖々と井戸に近づき、腰を屈めて錆びた蓋に手を掛けた。先程のビール尿の匂いが鼻をへし曲げる。蓋は重くて持ち上げるのが精一杯だった。そのため持ち上げた蓋をそのままずらして井戸の縁に掛け、外へ出る隙間を作ってやった。

「おぉ！ 光。あれは星ですか……」

浩光爺さんが空を見上げると、頭上に一つ明るい星が輝いていた。毬《いが》のような光線を放って闇の中に永劫の希望を与えている。成仏できぬ妖魔にさえ、情けを掛けるのか。

「そうですたい」

「あなたがかけてくれた水で目が覚めました。あなたは命の恩人です……奇蹟の水を振り掛けてくださるとは、お医者様ですか」

亡霊が感謝の気持ちを投げ掛けてきた。

世を怨んだ恐ろしい魔物ではなさそうだ。更に自らの小便に霊験あらたかな力が籠っていることに気を良くした。先程の恐怖も何処へやら、忍び笑いが洩れた。気持ちに余裕ができた。余勢を駆って井戸の底に言葉を流し込む。

「いえいえ、そんな者ではありません……通りがかりの者です。気付け薬を持っていたものですから……ところで、こんな古井戸の中におられるとは、一体どなたでしょうか」

「岩墨須賀子《いわずみすがこ》と申します。昔、巫女をしておりました」

聞いたような名前だ……。呆け始めた頭の中を両手で掻き漁ってみる。茶色の染みが滲む記憶を掘り捲った。

覚えがある。

確かにその名前だったはず……。

脳裏に巫女の姿が浮かんだとき、浩光爺さんは頭を棍棒で殴られたような衝撃を受けた。そういえば、声も口調も生前のままだ。

脳の奥底から錆び付いた記憶が甦ってきた。完全に忘れ去っていた写真が、古びた井戸底から水の表面へ向かって、ゆらゆら揺れながら浮かび上がって来るようだ。腐乱臭がどこからともなく湧いて鼻を突く。

それは今では詳細不明となった褐色に変化した写真だ。

この井戸の傍らに水小屋があり、滑車やロープ、桶、幾つもの水瓶、柄杓《ひしゃく》など井戸の保守点検用の資材が置かれている。横に稲藁が積まれ、その上に絡み合った裸体が月の光に白く照らされていた。

その一方の当事者が岩墨須賀子だった。神に仕える巫女の醜態を見てしまったものだから、この情景を印象深く脳細胞に刻み込んでいたようだ。

天地の為す不可思議さに動転しながら確認した。

「五十年ほど前に行方不明になった岩墨須賀子さんですか……」

「そうです……死ぬつもりで飛び込んだのですが、生きていたようです。やはり私は不死身の巫女……それにしても五十年も経ってしまったのですか……」

浩光爺さんは首を捻った。

岩墨須賀子は予防法が成立した直後、忽然と姿を消した。

それは忘れもしない、昭和二十八年、夏のことだ。当時園内は、新しい「らい予防法」成立阻止を巡って激しい攻防が、入園者と園当局との間で行なわれていた。

日ノ本霊紋教の開祖者を名乗る岩墨には六十人程の信者が着いていた。園内の片隅にある祠《ほこら》を前にして、朝な夕な祝詞《のりと》を上げ、信者達の悩みを聴き、神に安寧を祈っていた。予防法が成立して間もないある日、祝詞を上げたあと立ち上がり、信者を前にして神のお告げを語ったそうだ。

天主様はその大御心と御慈悲により、私達悩める者、貧しき者のために、新しき御成文を賜れました。この恵み豊かな菊池の野は私達の地上の楽園となるでしょう。私の役目は終わりました。

そのため、私は天主様のお招きにより天界へ赴かねばなりませぬ。暫く留守をします。みなさまの幸せを天界に座《ま》します天主様のお側で祈ることとなりました。私の役目は終わりました。再び菊池野に降り立つ日までお静かにお待ちください。

信者達は慟哭の涙を流して、別れを惜しんだ。

その夜、岩墨は天界へ赴いたと噂された。

信者でないものは、「いかさま師」が逃げ出しただけさ、と意に介さなかった。だが、園の職員は入園者を訪ね歩き、一週間ほど園内を隈なく探していた。そんな記憶がある。

「天界へは行かれなかったのですか……」

「その積もりだったのですが……地の底になってしまいました……」

爺さんはその理由《わけ》を知りたかった。だが岩墨は、身から出た錆ですと言葉を濁しただけで黙り込んだ。

遠い昔のことで、忘れ去っても当然なのだが……。岩墨が果たした役割に強い反感を覚えていたのか、甦った記憶は芋蔓式に鮮明となっていった。当時、失踪と聞いたとき、天界ではなくて地獄へでも落ちろと願ったものだ。

　昭和二十六年、国会に於いて三園長証言が行なわれた数日前、らい病研究の第一人者である光田健輔は文化勲章を受けた。全国癩患者協議会（全患協）は祝辞に添えて羽二重の組蒲団を贈呈した。このとき岩墨は率先して光田の功績を称え、患者からの記念品贈呈のため、募金を始めた。更に宮崎園長が昭和二十五年、西日本文化賞を受賞したときも、昭和二十七年、熊日社会賞を受賞したときもそうだった。募金に応じる美沙を、罵声を飛ばして詰ったことを浩光爺さんは覚えている。

　国会三園長証言が入所者に暴露されたときは、祠の前に集まった信者に、あれは真意ではなく、私達の生活を守るための方便と説き、騒ぎ立てるものには天主様の御加護はないと脅したという。

　巫女岩墨は結局、哀れな末路を辿ったようだ。帰依していた天主様の天誅が下ったのだろうか。地の底に五十年、誰に葬られることもなく、骸《むくろ》として眠っていた。

　時が巡り、俺の小便が亡霊を覚醒させたとするなら、もう許してやれとの天主様の御指示かも知れぬ。骨を拾って納骨堂へ葬ってやる時期なのか……。

　蒸した水の匂いの籠った風が井戸底から吹き上げた。腐り果てた遺骸を溶かし込んだ悪臭に思わず顔を背けざるを得なかった。

「園内の様子は如何ですか……人心、穏やかでしょうか」

　五十年の奥底から再び声が伝わってきた。信者も棄てた教祖の心配事のようだ。それとも、井戸を抜け出す心積もりをするためなのか。

浩光爺さんは、四年前に「らい予防法」が廃止されたことを話してやった。

「廃止ですか……予防法は私達を守る法律の壁であったはずです。見捨てられた私達を守る楽園とするために、国会議員の先生達が御尽力されて、成立したはずです」

私達を守る!? 錯乱しているのか。浩光爺さんは腹立ちが込み上げた。その言葉はかつて岩壘が、御幣《ごへい》を振って、麻薬のように信者に振り掛けていたものだった。確かに保護的性格もあったが、基本は患者撲滅政策の一環としての囲い込みと外界からの遮断だった。今となっては、妄言であったことは歴史が証明しているが、亡霊と論争しても甲斐がない。

「五十年前に比べれば生活は良くなった。園内作業はせんでよかし、年金も少なかばってん貰える。住居もみすぼらしいけど、どうにかプライバシーは保てる」

「慈悲深い天主様の恩寵は療養所にも遍《あまね》く行き渡っておりますね……安心しました」

「ばってん、世間の目はまだ厳しか……骨になっても故郷《ふるさと》に帰れん人が多か……厚生大臣の謝罪が遅かった」

「もう暫くの辛抱です。天主様のお力に縋り、待ちましょう」

「………」

信者に対する説教のような物言いに、ばかばかしくて返す言葉はなかった。待っていたら俺達は死に絶える。既に平均年齢七十二歳を超えている。国が意図した撲滅政策が完遂するのは間近だ。

「ところで、厚生大臣の謝罪とは……一体何を謝罪されたのですか」

「当然、過去のハンセン病行政です。普通の病気と変わらなかったのに、らい予防法を存続させたことに対する謝罪です」

当て付けがましく言ってやった。

「普通の病気……大臣の謝罪……」

戸惑うような先細りの言葉が煉瓦壁に反響しながら伝わってきた。意地悪く、そうだ、と強い語調で吹き込んでやると、井戸の中に静けさが訪れた。

井戸の暗闇に向けていた顔を上げて夜空を仰ぎ見た。乾いた空に幾多の星が甦り、冴えた光を落としている。辺りの夏草は葉先を物憂げに揺らして眠りに就こうとしていた。

もう帰らねば、美沙が心配しているだろう。

両手で蓋を引き摺った。金物が煉瓦を拉ぐ不快な音が辺りに響き出す。途端に辺りの虫が鳴き音を殺した。

井戸底から慌てた声が湧き上がった。

「そのまま開けていてください！」

爺さんは一瞬戸惑って腕の力を抜いた。だが無視して再び蓋を閉め始める。

「せめて、お名前を教えてください！」

「沢村浩光、美沙の連れ合いたい」

岩墨には記憶があるはずだ。

「………」

反応はなかった。

蓋を持ち上げ、指を挟まぬように静かに下ろして出口を完全に閉ざした。

時代錯誤の亡霊はこのまま井戸底で眠ってもらうのが一番だ。迷い出ると、良からぬことが起こるやも知れぬと判断した。

井戸端を足早に逃げ去ると自らの靴音が忙《せわ》しげに追って来た。余計な時間を潰している間に、星を塗《まぶ》した紺色の天蓋が全空を覆ってしまった。振り向くと雑草の向こうに灌木の影が散在し、遠くに金峰の山影が微かに消え残っている。新月はその稜線に角のような両先を残して埋もれようとしていた。

草叢の中に亡霊が追って来ないことを確かめると一安心して早足を弛めた。

悪酔いのせいなのだろうか……。あの声は幻だったのだろうか。それとも死に切れぬ亡霊の夢見が悪かったのか。いやいや、酔っているせいだ。ただの幻聴だ。亡霊を閉じ込めたことの後ろめたさが背中を斬り付けたが、全てを酒のせいにした。確かにいつもより量が多かった。

夏虫の鳴き声が爺さんの胸を騒がせる。鎮めようとするが轡《くつわ》虫が掻き毟《むし》るように逆撫で、馬追い虫の声が粘着質に苛立たせる。

爺さんも最近、夢見が悪かった。人権侵害を訴える国賠訴訟の原告となって以来、いろんな嫌がらせを受けている。

………岩墨が言うように、慈悲と恩寵でしか、生きていけないのだろうか………

ハンセン病専門医が町中《まちなか》で講演し、国賠訴訟に立っている者は入園者の中でも一握りに過ぎないと吹聴しているらしい。国民の支持を切り崩し、孤立化を図ろうとしている。また、ある原告のところに匿名の電話が掛かり、国賠訴訟をするなら療養所から出ろ、と脅迫を受けたという。その原町へ行って物乞いでもしましょうかと卑屈な言葉を返すと、黙って電話を切ったという。

告は悔しさを込めて注意を喚起した。

ある園では自治会会長が原告に立つと、事務処理以外は協力できないと園当局から脅された。そのため仕事ができなくなり会長職を辞したと伝わってきている。

……予防法は死んだのではないのか……

小道は草原《くさはら》を過ぎ、落葉樹を植え込んだ並木の間《はざま》に呑み込まれていく。黒い塊となった木々の影が夜空を両側から塞ぎ、星々が放つ僅かな光を奪っていた。落ち零れた葉を踏むと小さな悲鳴に聞こえ、思わず足が跳ね上がった。

浩光爺さんの胸に新たな不安が頭をもたげた。亡霊が彷徨《さまよ》い出て災いが降り掛かるかも知れぬ。名前を教えねばよかったと後悔した。不安が太ると胸で鼓動が高鳴った。自ずと首が竦《すく》み、岩塁の亡霊が跋扈《ばっこ》する林を一刻も早く抜けようと駆け出した。取り付いた不安が蝙蝠のように飛び回り、追い掛けてくる。


息急《いきせ》き切って宿舎の玄関を開けると、待ち構えていたかのように、罵声が飛んで来た。

「酔っ払って、どこば、ほっつき歩いとっとね！」

「もう帰っとったつか……もう少し、おればよかつに……」

浩光爺さんも負けずに辛辣な逆襲を掛けた。だが安心の我が家に辿り着き、胸に詰まった恐怖を吐き出すように肩で大きな溜息を吐いた。美沙婆さんは鼻を抓んで息が酒臭いと詰《なじ》り、早く風呂に入れと催促した。

爺さんは玄関の板張りへ上がると早速、亡霊のことを話さずにはおれない。奥へ歩み去る背中に向かって興奮を伝えた。

「おまえ、覚えとるやろ、岩墨須賀子。ほら、昔、巫女さんがおったろ……その亡霊が古井戸におったとたい」

「また呆《ぼ》けたこと言うて、酔っ払いが！」

相手にせず、箪笥《たんす》を前に立ち、引き出しを引いた。爺さんは追いかけて言葉を継ぐ。

「本当たい。嘘と思うなら、今から行こか」

「ばかんことはせんよ！　早よ風呂に入って寝らんね。明日、裁判所だろが！　そげなばかんことば言いよっと、誰も話ば聞いてくれんよ」

振り返って美沙婆さんは取り出した下着を投げた。信じてもらえぬ悔しさにいきり立った爺さんは唇を捻じ曲げ、飛んで来た下着を受け止めなかった。婆さんは仕方なく、畳に崩れ散った下着を拾い、今度散歩に行くときたい、と慰めながら胸に押し付けた。爺さんはようやく納得して風呂場へ向かった。

「いくら年を取ってん、子供と変わらん！」

美沙婆さんの毒舌が当然のように背中に浴びせられた。風呂場の硝子戸を閉めながら爺さんは、飲み過ぎかなと捨て置き、悪びれた。

戸の閉まる音を確認すると、美沙婆さんはばかばかしいと小声で吐き棄てた。

蒲団を敷きながら、婆さんは記憶を辿った。

巫女の知人は一人しかいなかった。遠い昔、お世話になったことを覚えていた。

……笛を吹いてくれた巫女さんのことだろうか………

入園当初、よく小高い丘へ登り、コンクリートの黒い壁の向こうに広がる青田を眺めて泣いていた。ある日の夕暮れ、巫女が歩み寄り、肩を抱いて慰めてくれたことがあった。

「涙が涸れるまで泣きなさい……」

そう言って肩の手を外して傍に立ち、暮れなずむ菊池野の田園へ顔を向けた。

美沙は声を上げて泣いた。父の名を叫んで泣いた。母の名を呼んで涙を流した。その声が届かないことはわかっていた。頬を伝う涙も夕暮れの風に行き場を求めて彷徨《さまよ》った。

そのとき不思議と恥ずかしさはなかった。逆に傍に誰かがいてくれるのが、心の支えとなり、安心して泣き尽くすことができた。


美沙は十七歳のとき、昭和二十六年、学校検診でハンセン病と診断された。それ以来、学校へは行けなかった。先生も学友も迷惑がり、美沙の登校を毛嫌った。仕方なく勉強は止め、父母の農業を手伝った。

校長先生が何度となく家にやってきて、父親と諍《いさか》った。ある日、田圃《たんぼ》の草取りをしていたときトラックが農道に止まり、白ずくめの保健所員が数名降りて来た。父親と何やら言い争った。そのあと父は、美沙を呼び寄せ、涙ながらに言い含めた。

「残念だが、暫く病気の治療に行くんだ。心配は要らぬ。一年で治り、帰って来れる」

保健所員の無骨な手で両脇を固められ、美沙は泥に塗れた素足のままトラックの荷台に乗せられた。

声が涸れるころ、巫女は白衣の懐から横笛を取り出した。唇を当て、微かな音を出し始めた。今まで聞いたこともない、地の底から漏れ出して夕暮れの大気を惑わすような寂《さび》れた音色だった。穏やかな響きが辺りを潤すと、いつしか嗚咽が収まり、涙だけが滲み出すようになった。辺りを覆う紫掛かった大気の中に忍び込むように笛の音は広がり、縦波に揺らぐ大気が悲しみの被殻《ひかく》を溶かしてくれた。

そんな思い出が胸に溢れ出し、敷布の端を取り止めもなく触っていると、浩光爺さんがステテコ姿で目の前に現れた。タオルで覆った髪を両手で扱《しご》いている。

「かあちゃん！　やっとすっきりした」

罪も忘れた明るい声が無邪気だ。扇風機の前に陣取り、熱が籠った身体に無闇な風を受け始めた。婆さんの年老いた思い出は、唸り出した扇風機の風に巻かれ、壊れて飛んだ。

「酔いも醒めたろ……巫女さんの亡霊も消えたろたい」

「そうかな……」

振り向きもせずに扇風機の切り替え釦《ボタン》を押すと、羽根は唸りを上げて回転速度を増した。

「もう明日からビールは一本だけにせんね！　酔っ払いの相手はでけん！」

爺さんは白髪交じりの髪を両指で梳かし、風を呼び込みながら、水気を飛ばす。聞こえぬ振りを装った。そのあと洗面所でドライヤーをかけて乾かすと、敷いてくれた蒲団に寝転がった。

隣室の明かりが忍び来る部屋には、網戸から虫の音がはいり、鼓膜を心地好く震わせてくれる。

先程、夏草の中に屯《たむろ》した虫達の狂騒とは違う。あれは耳を襲い、鼓膜を破るほどに脅迫じみていた。庭に先祖代々棲みついた馴染みの虫達の鳴き音は主人の心に染み入る術を知り、優しさが籠っている。鈴虫やこおろぎの秘めやかな羽音は夜風に揺れる風鈴の音《ね》に似て、夏の夜の奥深い豊かさを醸し出している。浩光爺さんの胸の内はようやく静まった。

「近藤さんは元気がなかっただろ……」

「すっかり、弱られた……もう九十を超えられて……」

隣室の美沙婆さんは食卓の上を片付けながら答えたあと、明かりを落として台所へ去った。昼間、近藤の七回忌が形ばかりあった。婆さんは用事があって出席できず、挨拶が夕食後にずれ込んだ。若いころから近藤夫婦には世話になった。入園以来、面倒を掛け、結婚の労を取ってもらい、予防法改正時は一緒に闘った。いつも問題が起こると最初に相談に行った。その、苦労を共にした近藤も逝って既に七年の年月が流れた。昼間、祭壇の前に座ったとき、浩光爺さんは思った。

……あと少し生きていてくれたら、一緒に闘えたのに……

近藤が胃癌で死んだ七年前、「らい予防法」は社会で生きていた。外出したり、町で買い物するのにも、園発行の外出許可証を懐に携えておかねばならなかった。素性《すじょう》がばれて追われる恐怖を常に抱きながら、壁の外を後ろめたく歩いた。

穏やかな蝉時雨が降り込む病室へ見舞いに行くと、近藤は苦しい症状を訴えることはなく、頬骨を尖らせた顔に目玉だけ光らせて語った。

「口惜《くや》しか……国の意図が貫徹する……らい予防法という合法的憲法違反の名の下に俺は抹殺される。病気は治っとる。菌はいない。あるのは手足の後遺症のみだ。人権も名誉も回復しない。

ハンセン病にかかったという罪で一生収容された。俺が獄死しても家族縁者の汚名は雪《そそ》がれない。剥奪された人権も返らない」

贅肉を落とした骨のような手を握り締めてやることしかできなかった。遥かな天上へと誘《いざな》う蝉時雨は近藤の手に染み入り、震わせていたのを覚えている。

笑った顔が祭壇に飾られた黒縁の写真の中にあった。今際《いまわ》の苦渋に満ちた顔とは雲泥の差がある。確かに近藤はいつも穏やかだった。困難に直面しても顔色を変えず、淡々と物事を処理した。闘いに敗北したときも、冷静に受け入れて失敗を分析し、仲間を宥《なだ》め、再び立ち上がらせた。だが、死ぬときは違った。共に旅立つ仲間がいなかったのだ。自分自身の生物学的敗北に、誰かを慮《おもんぱか》る必要はない。遺言だったのかも知れぬ。

………明日、裁判所で好きなこつば言うばい。他に言う所はなかけんね………

花を手向けられた遺影に浩光爺さんが決意を伝えると、近藤の笑いが翳った。線香の煙がとぐろを巻いて漂い、白黒写真の面《おもて》に絡み付いていていた。

近藤の声が迷い出た。

「裁判所に公正な判断ができるのか……差別裁判をやったところだぞ。犯罪容疑者を療養所内に出張裁判所まで設け、ろくに審議もしないで死刑にしてしまったではないか。ハンセン病患者だという理由だけでだ……俺達が死ぬまで、どれだけ人権侵害の被害を受けようと、法律の番人どもは、予防法の違憲性に目もくれなかった。俺達の経済的隷属をよいことに、入園者の保護法だと認めて政府の施策に追随してきた」

「近藤さん、気持ちはわかる……いつか報告したろうが。四年前に予防法は廃止された。裁判官も考えは変わったはずです」

「裁判所の自己批判はあったか……憲法を守り、個人の権利と人権を守るという、反省はあったのか」

「…………」

「憲法感覚のなかった裁判官が、自己批判なしに今更、憲法に沿った判断ができるのだろうか……予防法という川の中で育った魚が、憲法という海へ出たようなものだ」

熱風が縁側から吹き込み、停滞していた煙が流れ去ったとき、再び笑顔に復した。浩光爺さんは目を瞬《しばた》かせて安堵すると、いつしか握り締めていた拳を解き、帰還した御魂の安寧を祈って、逃げ帰った。

台所から伝わり来る茶碗のぶつかる忍び音の合間に、美沙婆さんの声が聞こえた。

「とおちゃん、あんたも年なんだけん、あんまり無茶せんとよ。近藤さんの奥さんも心配しとらしたよ」

「わかっとる、わかっとる……俺は寝るぞ」

浩光爺さんは婆さんの小言は聞きたくなかった。常識に凝り固まった雪達磨では陽の光に溶け去るだけだ。俺達は暗闇に生きてきた。常識の範疇外で辛酸を舐めさせられてきた。光に負ける訳にはいかぬ。固めた冷たい雪を精神力で凝固しておかねばならない。

爺さんは、雪洞に逃げ込んで耳を塞ぎ、風の騒ぎに呼応する胸の苛立ちを凌ぐかのように、睡魔の乳房にむしゃぶりついた。

身体を揺する者がいた。浩光爺さんが目蓋を開けると、枕元に白衣緋袴《ひばかま》の巫女が座っていた。底知れぬ恐怖が全身を襲い、這い回った。叫び声を上げようとすると、巫女は口と鼻に掌を当てて押さえ込み、狼狽の発露を遮った。目玉だけが慌てふためく。

「美沙さんが起きます。静かに！」

口許に人差し指を立て、真上から覗き込んだ。白粉《おしろい》を塗《まぶ》した顔が威圧する。

やはり迷い出たようだ。爺さんはわかったと頷いた。巫女はようやく掌を外し、付いた唾液を白衣の袖で拭いた。

「お礼をしたくて参りました」

銀色の髪を後ろに纏《まと》め、けばけばしい赤の口紅を引いている。生きているなら八十を超えているはずだが、肌には皺は見えず、逆に張りがある。白粉を塗り込んでいるのか。それとも、死んだとき巫女の体内時計も止まったのか。それにしても髪だけが年輪《としわ》を積み重ね、不釣合いだ。これが化け物の所以《ゆえん》だろうか……。

「お礼なんか、よか」

恐怖だった。迷惑だった。静かに井戸の底に眠っていて欲しい。

「煉瓦の透間を苦労して抜け出しました。外の空気が吸いたくて……井戸の底は百足《むかで》や蛭《ひる》が這い回って、おまけに空気が臭くて胸が詰まる思いでした」

そうだろうなと思う。光も差し込まぬ井戸底は魑魅魍魎の棲家だ。小便を流し込んだ罪を今更ながら悔いた。

「地上界はやはりいいですね……生き返る思いでした。雑木林の上を飛び、公園を飛び回り、居並ぶ宿舎の上を舞いました。建物は良くなって、住みやすくなったようですね。病院も綺麗になっていました。これも天主様の御慈悲と安心しました……何軒か、こっそり忍び込んで生活振りを拝見しました。豊かになっていましたが、老人ばかりで若者の姿が見えません」

「そうたい。予防法が厳格に俺達を縛ったからたい」

「そうですね……子供は御法度でしたからね……でも、沢村さんご夫婦は子供がいたでしょう。亡くなったのですか」

「いや……どこかで生きていると思う……」

歯切れの悪い返答となった。

巫女は詳細を聞くのを憚った。それは井戸に飛び込んだ理由を話したくないのと同じだろうと慮った。人に語れぬ秘密は誰にも一つや二つはある。ましてこの病気にかかった者は尚更だ。巫女は話題を変えた。

「ところで沢村さん、裁判に出るんですってね……何故そんなことするの。天主様の御慈悲と御恩寵で足りないというの」

巫女は仕入れてきた話を元に詰った。浩光爺さんは反論するのはばかばかしいと思ったが、正当性は伝えておかねばならぬ。

「申し訳なかばってん、生活改善は入園者の不断の闘いで勝ち取ったものたい。人権を切り売りして慈悲に縋ってきた訳じゃなか。予防法廃止後にもまだ人権侵害は温存されとるたい。人の心の中に巣食った闇を晴らさねばならないと思っている。そんためには、予防法の成立と維持がどのようになされたのか、解明されんといかん。解き明かされたとき初めて、お互いの蟠《わだかま》りと闇が消え去る。我々の名誉と人権が回復される。そうじゃなかったら同じ間違いが将来、必ず、繰り返さるっだろ……そのための裁判たい」

「お国を相手に勝てるわけないでしょう……人の心の問題です。地道に啓蒙活動を続け、根気良く説得したほうがいいのではないですか。生活医療福祉の総ての予算は国から頂いているのですよ。国を刺激しないほうが身の為ではないですか……天主様の御慈悲はお国を通して現れます。きっと……」

「確かにそうかも知れん……五十年かかって御慈悲が現れたつかん知れん。でも残った問題は御慈悲を待っとったら、俺達みんな死に絶える……俺達自身、家族の名誉回復はできんし、家族への汚辱も雪げんだろう。俺達が闘わねば、誰も解決してくれん……そんな思いで、恥も外聞も捨てて老体に鞭打ったたったい」

「勝手になさい……国に逆らう結果も引き受けねばなりません。いいのですか」

「俺達になくすものは何もなか。あとは死んでいくだけたい……巫女さん、お礼をしたかつなら、加勢してくれんね」

「ばかなことは言わないでください……私は天主様に仕える巫女です。天地と人心の安らかなることを祈ります。争いをなさず、御慈悲と御恩寵が現れることをひたすら待つのが勤めです」

「そげなこつばかり言いよるけん、何も変わらんとたい！　もう帰って祈ってくれ」

巫女は五十年前と変わりない。化石みたいな女だ。折り合うことのない無益な論争に疲れて、浩光爺さんは声を荒げた。

「俺は眠らんといかんたい！」

すると、頭上に怒声が轟くと共に、頬に強烈な痛みが走った。

「寝れんとは、私たい！」

引き摺られるように身体を起こすと、頬を抓まれていた。目を開けても何も見えない。暗闇の中だ。

「寝言ばかり言わんで、おとなしゅう寝らんね！ いっちょん寝れんじゃなかね」

耳元に美沙婆さんの金切り声が浴びせられた。爺さんは爪が抉《えぐ》った頬を擦りながら、寝込みを襲った不届きな亡霊を怨んだ。


夜が明けると共に露は乾き、太陽は天空に駆け上がって揺らめく火焔を発した。蝉は堪らず葉陰に姿を移して怨み立てる。雲も乾き切り、眩いばかりの白色の空が目蓋を狭めて瞳孔を細らせた。

浩光爺さん夫婦は一張羅を纏って裁判所へ出掛けた。

通勤時間帯を過ぎた街は仕事の準備に余念がない。商店は戸を開け、店先の飾り付けをしている。人々は鞄を携え、建物の影の中に動き始めている。掌を翳して信号機が青に変わるのを待つ制服姿の女。

タクシーの窓に映る光景はいつもの風情と何ら変わりない。否、いつもいつもこうだった。歴史に埋もれる一つの瑣末な出来事を迎える完璧な表情だ。これからも変わることはないだろう。

裁判所は城の近くの高台にあった。近づくのも畏れ多い荘厳な煉瓦造りだ。聳える歴史的建造物は過去五十年間、予防法を厳かに守ってきた。その威光は天地に遍く君臨し、療養所を法の支配から隔絶していた。叫びを上げても、門前払い。涙を注いでも合法の壁を越えることはなかった。虐げられた魂は今でも納骨堂で呻き声を上げている。予防法廃止の前と後で、入園者の情況に変わりはない。絡まった法の網がなくなっただけだ。赤い煉瓦は一貫して、怒りの拳を上げることはなかった。司法とはいったい……。

浩光爺さんは胸の中に去来する人間の心根の明暗に苛立つ思いを抑えながら、正面玄関を、胸を張って突破した。

定刻通り裁判は始まり、浩光爺さんは証言台に立った。正面の一段と高い雛壇に、黒い法服を纏った三人の裁判官が座っている。右手には十人ほどの背広を着た国側の代理人が畏まった。八人の弁護団は左手に控えた。後ろには応援してくれる仲間や支援者が今や遅しと、固唾を飲んで見守っていた。

高位に座す裁判官が高貴な雛人形のように見え、下位に立つ自らの姿が裁きを受ける罪人のように思えた。立場が逆ではないのかと反感が湧いてくる。爺さんは武者震いで胸が高鳴り、緊張を隠せない。担当の米田弁護士が怖じ気づいたのかと、近づいて声を掛ける。わざと両腕を伸ばして反り上げ、深呼吸を繰り返し、迸《ほとばし》る苛立ちを解《ほぐ》そうと試みた。

席に戻った老練な米田弁護士が柔和な口調で促した。

「入所時のことを話してください」

十八歳のとき、入所した。昭和二十二年、春のことだった。大学入学後、すぐに身体検査があり、肩の斑紋を指摘された。そのあと保健所から再三呼出しを受けた。最悪の状態を考えて怖気付き、応じなかったのが悪かったのだろう。ある朝、突如、下宿の戸をけたたましく叩く者がいた。慌てて飛び起きて戸を開けると、頭から足先まで白ずくめの男達が立っていた。先頭に立った男がマスクに声をくぐもらせて怒鳴った。

「保健所の者だ。手を焼かせるな！　何故呼出しに応じないんだ！」

それと同時に噴霧器を携えた男達が長靴のまま部屋へ侵入して畳と蒲団を蹂躙し、白い粉を撒き散らした。下宿の同僚達は何事かと下着姿で集まり、戸口から吹き出る白煙を心配そうに眺めていた。職員の一人が同僚達に向かって再び声を荒げた。

「こいつはらいだ。近寄るな！」

それで運命が決まった。俺は落ち行く先を憎み、顔を背けた。同僚達は巣穴に戻る蟹のように泡を吹いて散って行った。思考力が吹き飛び、俺は抵抗力を奪われていた。背中を小突かれると、いとも簡単にトラックの荷台に乗せられた。狭い路地を、車が高らかに警笛を鳴らして発進すると、痩せた野良犬が五、六匹、激しく吠え立てながら追ってきた。餌をやって手懐けていた赤犬も牙を剥いていた。幌の隙間から覗き見て、ばかやろーと怒り狂ったのを今でも覚えている。

入所するとすぐに両親が面会に来てくれた。患者地帯の面会所に衣類を風呂敷一杯に包んで持って来た。母親は俺の姿を見た途端、何故……と犯罪者にでも転落したかのように落胆し、涙で顔を歪めた。父は眉間に皺を寄せ、俺の顔を暫く見詰め、元気か、と声を掛けてくれた。俺は心配するなと惨めな二人を慰めながら椅子に腰を下ろした。俺の気丈な態度に安心したのか、父は肩の力を抜いて母の背中を撫で、浩光は挫けないよ、と言葉を掛けた。そのあと俺に顔を向け、大学の医師の話では米軍が新しい薬を持ち込んでいるから、そのうち出所できると励ましてくれた。松の木肌よりもささくれ立った俺の顔が、一瞬にして滑らかさを取り戻し、笑みが浮き上がった。

荒んでいた心に、釘が打ち込まれた痛みに紛う狂喜が貫いたのだ。犯罪者なら刑期を過ぎれば出獄できる。服務態度が良好なら刑期も短縮してもらえる。出獄を夢見て日々の辛さを耐えることができるだろう。だが、この療養所への入所は終身刑を言い渡されたも同然だった。否、違う。死んでも帰れない社会的抹殺だった。

そんな思いに窒息しかけた状況下での新薬情報だった。暗雲に閉塞した胸の中に耐える勇気が燈った。

「療養所の生活は、どうだったのですか」

部屋の広さ毎に、二畳一人の割合での雑居生活だった。俺は十二畳の部屋に六人、蒲団を並べて寝起きした。プライバシーも何もなかった。

園内の職員が足りないため、不足の労働力は軽症者の労働で賄っていた。職員の増員は抑えられ、軽症者が重症者の面倒を看る。それが一貫した方針だった。代償として、飯が食えるだけでもありがたく思え、と言わんばかりの作業賃が支払われた。それでも軽症者は将来病気が重くなれば、自らも世話にならねばならないと思い、重労働に励んだ。重症者は同病者の面倒を受けて不満も言えず、不充分な処遇に感謝せねばならなかった。病気は治らぬという運命は命果てるまで巧妙に組織化されていた。

男と女がいれば恋が生まれる。思春期を迎えればどの集団でも普遍的なものだ。園内にも幾組もの好き合った者がいた。園当局は結婚を許した。但し、通い婚だ。それも五人から十数人が雑居する女性部屋へ夫が通うという非人間的な夫婦生活だった。広い畳敷きの部屋に整列して蒲団が敷かれ、妻達が身体を横たえて夫を待った。夫婦は蒲団を被って愛を確かめ、欲望を果たした。だが、この夜這い婚自体も国の絶対隔離政策に組み込まれていた。恋心はお互いを拘束し、逃亡を抑制できる。気持ちが昂ぶれば結婚を奨励する。すなわち誓約書を出させる。生まれた子供は堕胎し、親は断種という書類に捺印させた。生物学的な本能を政策遂行に利用したのだ。入園者も自虐的に生きていることを呪い、破滅的な恋愛に途轍もない精を出した。

この件に関して泣くに泣けぬ話がある。

友人の下崎は俺と歳が同じだった。入所が二年早く、療養所では先輩だ。仕事の配属先は違ったが同室だった。ある夜、帰りが遅かったので理由を尋ねると、頬を綻《ほころ》ばせながら彼女ができたと打ち明けた。被服縫製作業をしている滝田早苗という二十歳の別嬪《べっぴん》と、誇らしげだった。星空を眺めながら草原《くさはら》で語り合ったのが遅くなった原因と申し開いた。羨ましい話だった。

下崎は早苗に入れ込んだ。寒くなると、戸外で愛し合うのは辛い、と言って結婚した。ささやかな式を仲間内で挙げた。晴れて夫婦と公認され、女性寮への出入りが認められた。暫く経つと当然の帰結として早苗が妊娠した。医師、看護婦に堕胎を迫られ、早苗は従った。下崎も嫌々ながら断種台に登った。そこまでは療養所内の普段の成り行きだ。そこから問題は起こった。数ヶ月後、下崎は血相を変えて俺の職場、炊事場へやって来た。物陰へ連れ出すと、憎悪を込めた視線を放ち、声を押し殺した。

「おまえ、早苗としなかったか！」

「ばかたれ！」

即座に俺は怒鳴り飛ばした。気圧された下崎は突き刺すような勢いが砕け、情けない顔を向けて許しを請うた。訳を聞くと、早苗が再び妊娠したというのだ。医者は、早苗が浮気したに違いない、相手を探し出して断種だ、とけしかけた。憤慨した下崎は早速、早苗を呼んで問い詰めたが、浮気を否定し、間男の名を吐かなかった。そのため、親しい奴を片っ端に当たっているという。

「ばかな奴だ。友達をなくすだけだ……早苗はおまえを愛している。疑うなら、まずお前の精液を調べてみろ」

俺は諭した。最後に、すぐに早苗に謝って来い、と怒鳴ってやった。下崎は落ち着きを取り戻したのか、肩を落として立ち去った。

翌日の昼休み、再び下崎が職場詰所へやってきた。俺を外へ呼び出すと、昨日と同じく情けない顔を振り向けた。小声で顚末を語った。

「あのなあ……ふざけた話さ……あの医者はとんでもない奴だ。おまえの精液には精子がうじゃうじゃいる。失敗だ。もう一度、手術だと……」

俺は思わず声を立てて笑ってやった。下崎は顔をしかめ、笑うなよと弱々しく詰った。二人の不幸は嘲笑すべきものではないが、医者への怒りを通り越し、美人妻を獲得した下崎への嫉妬と転落への喜びを笑いにごまかしたのかも知れぬ。

笑いの止まらぬ俺の腕を取って、下崎はどうしようと縋り付いた。

「拒否もできるさ……医者が悪いんだからな。だが早苗は……何と言っている。二人で相談しろ！」

産めとは言えなかった。下崎は首が折れたように頷くと自分の職場へ戻って行った。

結局数日後、下崎は断種台に乗った。早苗も再び堕胎台に載せられた。その朝、怒りを棄てた殉教者のように何も語らず部屋を出て行く後ろ姿が哀れだった。

不幸は更に続いた。数ヶ月経って、下崎は腕に青痣《あおあざ》を作って帰ってきた。理由を問うと、部屋の隅に俺を誘導した。暗い顔を向けて悩みを打ち明けた。

「早苗が機嫌が悪いんだ。いつも責められ、今夜は叩かれた……」

痣の意味がわかった。笑うなよ、と前置きして話を続ける。

「おかしい……このごろ勃起しないんだ……どうやっても駄目だ。それで、浮気しているんじゃないか、と疑われて……沢村、一度取り成してくれないか……」

俺は堪らず高笑いした。部屋の同僚が一斉に視線を向けた。下崎は哀れな顔で、声を出すなとせがんだ。俺は笑わずにはおれなかった。答えは簡単だ。片手を口に添えると、声を潜めて下崎のばかな耳に吹き込んだ。

「手術の失敗だ……神経を切られたのさ」

この話は断種の経験者から聞いた話だ。まさか下崎が被害に遭うとは……。相当のヤブ医者に違いない。下崎の顔は一気に蒼褪《あおざ》めて行った。俺は顔を背け、身体も背けた。下崎の仰天し、阿修羅と化した形相に我が目を晒したくなかった。再生はほとんど不可能と聞いている。

「くそー!!」

下崎の不幸に悶える憤怒が部屋中に轟いた。すぐさま血相を変えて部屋を飛び出して行った。

翌朝、医者のところへ行くから着いて来てくれと懇願された。どうなるものではないので嫌だったが、仕方なく従った。道すがら、早苗と仲直りできたか尋ねた。本当かどうかわからないと、まだ疑っていると嘆いた。主治医に早苗の前で説明してもらうつもりだと言う。病院の入り口で早苗と合流し、診察室へ向かった。

暫く待って診察室へ呼ばれると、白衣と帽子、マスクで全身を覆い、両目だけ出した医者が対応した。主治医らしい。下崎は医者の前に座り、事情を話した。医師は下崎を奥へ連れて行き、診察した。そのあと診察室へ戻り、結果を説明した。

「勃起を司る神経がうまく機能していません……元に戻るのに時間が掛かると思います」

「時間が経てば戻るんですね！」

「そう思います」

椅子を回転させて机に向かい、カルテに横文字を走らせる。

「どのくらいですか！」

「さあ……今は予想がつきません」

顔も向けずに平然と医師は言い放った。下崎は何故ですかと食い下がった。斜め後ろに座った早苗は心配そうな顔で夫の真剣な訴えを見守っている。医師は机に向かってペンを走らせ続ける。

何故こうなったのですか、治療はできないのですか。下崎は悲痛な声を上げた。医師は姿勢を固定したまま答えず、ペンを動かすのみだ。不審に凝り固まった下崎は回答を求めてにじり寄る。声が次第に高まって行く。

遂にしつこい問い詰めに耐え切れず、医師は顔だけ振り向けた。

「原因はわかりません。時々手術後、こういうことがあるようです……みなさん、静かに待ちますがねえ……」

無責任な言葉を言い置くと再び顔を背けた。下崎の後ろに控えていた俺は、誠意のない横柄な言動に腹が立った。

「マスクぐらい取って、患者に向き合ったらどうですか」

いらぬことを口走った。

ペンの動きを止め、俺へ一瞥をくれた。癪に障ったのだろう。しかし患者へは身体を向けない。再び机へ視線を落とした。それを見て遂に下崎は声を荒げた。

「俺達を何だと思っているんですか！」

医師はやっと半身を起こし、下崎へ身体を向けた。

「暫く禁欲しときなさい。どうせ子供を作る訳じゃないでしょう」

怒りを逆撫でる禁句を言い放った。

下崎はその暴言で抑制の糸が切れた。あっという間に医師の胸倉を掴んでいた。慌てて俺は下崎の掴んだ手を外そうとした。その勢いで下崎の腕が揺れ動き、反動で医師は椅子から転《こ》け落ちた。忽ち看護婦が嬌声を発し、人が集まり騒動が巻き起こった。すぐさま保安係が駆け付けた。医師と看護婦は下崎と俺が暴力を振ったと騒ぎ立てた。早苗は済みませんを連発して二人の非を認め、許しを請う。屈強な保安係の男達は俺達二人を診察室から連れ出し、事務所へ引き立てて行った。泣き叫ぶ早苗は残った保安の男に拘束された。

下崎と俺は監禁室にそのままぶち込まれた。二日間の牢獄生活を送る羽目に陥った。医師には当然の如く、咎《とが》めはなかった。

「昭和二十三年、国内でも吉富製薬がプロミンを製造発売しましたが、プロミン治療は効果がありましたか」

らい菌に対して革命的殺菌効果があった。多くの患者の潰瘍が治癒し、結節が吸収した。その年の日本らい学会でも、国産プロミンの効果が発表された。

俺達の病気は治り、社会復帰ができると希望を持った。そのため俺達にも、ようやく戦後が訪れたと肩を抱き合った。戦前から引き摺る運命論的絶対隔離主義は米国がもたらしたプロミンという原子爆弾により破壊され、新しい地平が切り開かれるものと確信した。

新憲法とプロミンは俺達を病の歴史的軛《くびき》から解放する。当然の帰結だ。らい病は皮膚病の一つとして外来管理が可能となる。

だが、状況はそれを許してくれなかった。東西冷戦が翳を落とした。翌年、中国に中華人民共和国が成立した。朝鮮半島では南と北にそれぞれ独立国が誕生して厳しく対立した。その煽りを受け、占領軍は日本国内における左翼勢力の台頭を危惧した。民主化の波が押し留められた。らい病患者も戦前と同じく、国内での騒擾因子と判断された。

昭和二十四年、厚生省は密かに第二次無らい県運動を発令している。当時、患者は国内に一万二千人いると見積もった。その内、療養所に八千五百人、在宅で三千五百人と推定し、早速予算を計上した。翌年、全国で二千床の増床工事に取り掛かった。

病気が治らぬという運命論的な絶対隔離の絶滅主義は、国家体制を防衛する政治的な絶対隔離の絶滅主義に変質進展した。狂暴な国家意志が剥き出しとなった。村から地域から、町内会組織を利用して病者を根こそぎ炙《あぶ》り出すことを図った。国民のらい病への恐怖心を煽り立てて運動の推進力とした。だが表面的には、プロミンの効果は経過を見てみなければわからぬという医学上の要請と、社会的な偏見差別から患者を保護するという美名が被せられた。患者絶滅の旗を掲げるらい病医療で主導的立場にいた療養所所長と厚生省官僚との利害は一致していた。

この動きは昭和二十四年度のプロミン予算の削減に連動している。効果を知った患者代表は、プロミン予算計上化初年度は全治療費の四分の一を要求した。だが、その六分の一、すなわち全体の二十四分の一に減額されようとした。熱狂的にプロミンを求める患者たちはハンストに訴えて予算復活を願った。その結果、予算は増やさず、薬価引き下げという政治的手腕で当初の要求量を満たした。

その効果は早くも現れ、昭和二十六年には退園者が出た。俺達の喜びは天にも届くほどであった。このような状況の下、病気が治っていき、希望を持ち始めた患者達と、絶対隔離主義しか患者撲滅はないと狂信的偏見を抱く医者達、政治的な患者撲滅を抱く国・厚生省との矛盾は拡大した。昭和二十五年に朝鮮戦争が始まり、国内の反政府勢力への締め付けは激しくなった。俺達の自治活動にも様々な制約を押し付けてきた。だが俺達の期待をもはや抑え込むことはできない。

俺達は目覚めた。俺達は生きる希望を持った。俺達も日本国民だという自覚を持ったのだ。その意志の現れとして、厳しい弾圧を跳《は》ね除《の》け、全国の療養所自治会の全国組織、全患協を旗揚げした。昭和二十六年のことだ。目標は療養所生活改善と新時代に則した癩予防法改正にあった。この動きを重く見た国側は医師団を巻き込み、様々な工作を画した。彼等の目標も当然、プロミン以後の新時代に則した絶対隔離主義を維持せんがための予防法改正にあった。昭和二十六年十一月、日本におけるらい病専門医の筆頭である光田健輔に文化勲章を与え、その五日後、参議院厚生委員会で三園長証言を引き出している。この発言内容に沿って、新しい「らい予防法」の素案を練り始めた。

「その当時、園内での沢村さん自身の暮らしはどうでしたか」

あの頃は俺達も若かった。昭和二十七年の夏は暑光が眩しく俺の身体も焦がれた。

前年、政府は癩予防法改正問題について専門家の意見を聴くために、三人の癩療養所所長を参議院厚生委員会へ呼んだことは述べた。ここでの発言内容は入園者にとって許されないものであった。だが発言内容は国民、とりわけ入園者には極秘にされた。それが暴露されたのは、半年後の昭和二十七年五月に開かれた全患協第一回支部長会議の時だ。それも、入園者へ与える動揺が大きいとの理由で、全患協中央の指令があるまで公表するなと指示が出された。

支部長会議に出席した俺達の自治会代表はそんな緘口令には従わなかった。それは当然だった。園長達の発言は入園者を人間と認めないものだったのだ。終生隔離、強制隔離、懲戒検束権の強化。断種手術強制。園内自治権の剥奪。警察、検察一体となった裁判権剥奪。これらを新しい予防法に取り入れることを要求した。それは現行の癩予防法を強化し、日本国憲法の理念を真っ向から否定するものであった。当時既にプロミンの効果により、退園者も出ている状況だったにもかかわらずだ。

見過ごせば俺達の掴みかけた未来は再び消え失せる。全患協中央だけに任せられない。入園者の希望と怒りを結集して跳ね除けなければならない。

内容を知らされて、俺達は与えられた新たな試練を如何にして乗り越えればいいかと思い悩んだ。自治会執行部は園長との団交を重ね、発言撤回を求めた。宮崎園長の最終的回答は、既に放たれた言葉は取り戻せぬが、入園者の陳情書を持って厚生省へ出向くと約束した。

そんなものを信用する訳にはいかなかった。厚生省へ行って、何を発言するかわかったものではない。国会証言のときもそうだった。入園者の前では聖人君子の顔を繕《つくろ》い、裏では丸っきり反対の、医学の進歩を無視し、時代錯誤の侮蔑した言辞を羅列する男だ。

俺は自らの生命《いのち》と権利は自らの手で守らねばならないと思った。

実は付き合っていた美沙がその年の春に妊娠した。それがわかったのは先月七月初めのことだった。俺は悩んでいた。園内の掟通り、美沙は堕胎し、俺は断種せねばならないのか……と。

だが僅かな希望があった。予防法改正運動が全国的に盛り上がる兆しがあり、全患協の要請に基づき、国も改正の意図を示していた。医学の進歩と日本国憲法の理念に沿って改正されれば、我々も当然、壁外の国民と同じように自由と民主主義が与えられるはずと思っていたのだ。

その与えられるであろう恩寵は、赤子から玩具を奪うようにもぎ取られようとしていた。俺は許せなかった。一人でも闘おうと決意したのだ。

懇意にしていた自治会役員の近藤に相談した。美沙が孕んだ子供をそのまま産んでもらってもいいかと。予防法の根底を実質的に突き潰すためだ。

困難はあるが好きにしろ、と言ってくれた。付け加えて、可能な限りの支援はすると約束した。

空行く雲が漣《さざなみ》のように千切れ、柿の木が葉を散らして実を朱色に染めるころ、俺は美沙と質素な式を挙げた。近藤が形ばかりの仲人をしてくれた。二人ともプロミンのお蔭で体内から菌は消え失せ、手足に後遺症を残すだけだった。この頃は一千床増床の大工事が完了し、患者が続々と入所させられていた。俺達二人は新しく設けられた夫婦寮の一室を確保した。

美沙の腹が大きくなると妊娠していることが園当局へ知れた。すぐさま外来婦長と福祉事務官がやってきて、堕胎と断種を迫った。結婚承諾書に捺印していたので当然のことだ。できた子供は処分すること。男は断種すること。それらのことが記載してある文書を鼻先に突き付けた。俺は無視した。

「印鑑を押したでしょう」

玄関先で、婦長はまなじりを吊り上げて金切り声を上げた。俺は平然と言葉を返した。

「人命を大切にするのが看護婦の使命でしょう……看護婦ならよく知っているでしょう。生まれる赤ん坊に菌はいないってこと。元気な赤ん坊を殺すのは罪ではないのですか」

「決まりなのです！」

「間違った決まりに従うのですか……逆に間違った決まりを正し、医学上間違った指示を拒否し、生命を尊ぶのが看護婦の仕事でしょう」

「他の人はそうしているのですよ。沢村さんだけです。決まりを破るのは」

「病気が治らない時代の決まりを押しつけないでください。時代は変わり、医学は進歩したのです。新しい決まりを患者のために作ってください。患者の立場に立った医療をしてください」

婦長は苦虫を噛んだように唇を捻じ曲げ、睨み付けた。俺はその苛立ちと憎しみの籠った視線を吸い取るように受け止めた。後ろで書類を手にして立っていた事務官が前へ歩み出て間《あいだ》に入った。

「沢村さん、あまり無茶なことはせんでください……決まりに従っていた方が身のためですよ」

憲兵上がりと噂されている村田事務官は慇懃に脅してきた。

「どういうことですか」

なるべく冷静に対応した。相手の出方を探っておかねばならなかった。

「言いたくはないが……園内規則違反で夫婦寮を出てもらうかも知れん。それでも、もし出産するのなら、園長は懲戒検束権を行使するはず。退所処分、もしくは監房行きだ」

「園長は、そうはされないでしょう。懲戒検束権の廃止を自治会が要求しています。団交のとき、受け入れたそうです」

「受け入れたのではない。自治会の要求を厚生省へ伝えただけだ」

「では園長に確認してください。懲戒検束権の放棄を認めるかどうか、文書で答えてください……その結果を見て話し合いましょう」

園長は放棄しない、とは言えないと読んでいた。なぜなら国会証言の非人間性を認め、国会証言は真意ではないと撤回し、懲戒検束権放棄を含んだ自治会陳情書を呑んでいた。園長に誠意があるなら無下に否定できないはずだ。

強権を振り回しても屈服しない石のような態度に、事務官は怒りを露わに凄んだ。

「国に逆らって、いいことはないぞ」

そう捨て台詞を吐くと、音を立てて硝子戸を閉め切り、姿を消した。

相手の出方はわかった。夫婦寮退去と懲戒検束。

夫婦寮退去についてはここに居座るつもりだ。身重の美沙を今は動かせない。力に頼った強制退去となれば仲間を集めて対抗するしかない。危険な賭けだ。一方、懲戒検束権は発動できないはずだ。発動すれば園長と自治会執行部との確執は更に深まり、園内の運営に支障をきたす。患者が受け持つ園内作業が滞る可能性がある。穏便に処理するだろう。

だが内心は切り立った岩山を、両手を頼りに攀じ登る思いだった。目の眩む下界を見下ろして、美沙はいつ転げ落ちるか不安がった。俺は励ました。転げ落ちて元々の登山だ。とにかく頂上を目指そう。いつでも退却はできる。俺達が道を作れば、仲間が後ろを這い登る。


縫製作業に出る美沙は作業をしていてもぼんやりすることが多くなり、失敗を繰り返した。同じ入園者である主任は大目に見てくれたが、管理部門の事務管は難癖をつけた。苦情が来ている。こういうことでは困る。作業賃は払えない。と、ことある毎に呼びつけて、早く堕胎せよ、と暗に詰った。

ある日、美沙は日ノ本霊紋教の巫女をしている岩壘のところへ相談に行った。

その宗教を信じている訳ではないが、友達だった。美しい白衣緋袴の衣裳を纏い、横笛を奏でる優艶な姿に憧れ、自らの零落《おちぶ》れた姿とは縁遠いものを認めて蜜蜂のように吸い寄せられていた。浩光との恋愛では男心を分析して相談に乗ってくれていた。

雑木林の中にある小さな祠《ほこら》へ行くと、岩墨は祝詞を上げていた。祠の上の紅葉《もみじ》が赤い葉を折り重ねて斑《まだら》の夕日を辺り一面に零していた。美沙は足音を殺して近づき、祝詞が終わるのを待った。正座した莚《むしろ》の上に額を擦り付けて三礼すると、ようやく祝詞奏上は終わりを告げた。美沙は絶え入るような声で、邪魔をする許しを請うた。

その声に驚いたように岩墨は振り向いた。美沙の顔を認めると、いつものように笑顔を作って迎えた。

「待っていましたよ……いつ来られるかと心配していました」

噂は耳に届いているようだ。美沙は草履を脱いで、冷たさの籠った莚の上に畏まって正座した。岩墨の顔と白衣を麗々しい赤い光が彩っている。緋袴は燃え立つような炎の色と化している。美沙が硬直した視線を向けると、白目も赤く染まり、瞳には狐火に似た妖火が燈っていた。混乱した美沙の瞳の奥は毛玉のように燃え上がる錯覚さえ覚え、慌てて逃れようとした。岩墨は当惑する美沙を殊更優しい眼差しで包んだ。

「あなたの悩みの深さに、天主様も心配されています」

更に目許の落ち込みを指摘し、食事も取れていないのではと心配した。美沙は身籠った子供のために食べなければと気持ちは焦るが、食が進まないことを話したあと、躊躇《ためら》いがちに言葉を押し出した。

「この子を産んでもいいのでしょうか……子供は幸せになれるのでしょうか……」

「心配でしょうね……私も心配で毎日、あなたが幸せになれるようにお祈りしていましたよ」

美沙は嬉しかった。浩光に悩みを話しても、どうにかなるとの楽観論を吐くばかりで、それ以上、聞いてはくれない。詰れば、正論を吹き掛けて抑え込む。事務官は決まりを守らねば不測の事態が起こると攻め立てる。子供の将来に不安を覚えていた。悩みを聴いてくれるだけでも救われる思いだ。

「あなた達二人が、どうすれば幸せになれるか、私にもわかりません……天主様にお伺いしてみましょうか……」

岩墨は口許を引き締めて、深い眼差しで美沙を包んだ。美沙は神様に頼ることは今までになかったが、追い詰められ、気弱となった母性がそれを受け入れた。

岩墨は祠に身体を向けると、不思議な印を結んで呪文を唱えた。そのあと、長い祝詞を詠んだ。美沙は後ろで莚の上に手を突き、良い知恵を授かるように畏まって健気に目を閉じていた。

秋の陽が落ちたあとの林には冷たさが忽ち忍び込んだ。岩墨はそれを振り払うかのように腹の底から声を上げ、唸り続けた。不気味さに鳥の囀りも鳴りを潜めた。長い祝詞が尻細りに途絶えると、美沙の方へ身体を向けた。莚の擦り音に美沙が目を開けると薄闇が岩墨の顔を染めていた。だが黒い瞳だけは輝きを増している。厳かな声で神託を告げた。

「天主様は悲しい声でおっしゃりました……美沙さんの子を思う気持ちはわかるが、ここは引いた方が宜しい……これからの親子三人の行く末を見てみると、悲しい結末が待っている。もう少し時期を待って子を産んだ方が良い、との仰せでした。最後に、たとえそうなっても、必ず恩寵があるから心して待つがよい、と御指示です」

「……」

岩墨は美沙の細い肩を撫でて慰めた。美沙は顔を上げる。

「恩寵とは何でしょう……」

「御慈悲です……天主様の大御心は天下に遍《あまね》く広がり、予防法を変えようと努力されています。私達を苦しめた予防法が入園者のためになるよう改正されれば、恋愛も自由にでき、子供を作り、家庭を持つことができます。もう少し待ちましょう。園長先生もそのためにご努力されています」

「本当にそうでしょうか……私は、良い薬があるから一年で家へ帰れる、と約束してもらいました。既にその一年は過ぎています。菌もいません。しかし、園長先生のお許しは出ません」

「それを怨んではなりません。美沙さんの病は既に治りました。それは天主様の恩寵です……家に帰るにはもう少しの辛抱です」

「そうでしょうか……信じても宜しいのでしょうか」

「そのために園長先生は頑張っておられます……社会の人々はその功績を認め、一昨年は西日本文化賞、今年は熊日社会賞をお受けになられました。必ずや、私達への御慈悲もあると思います……その日を信じて待ちましょう」

そう言って岩墨は目許に涙を浮かべた美沙の小さな肩を抱いてやった。林の奥で烏《からす》が鳴き、闇が蔓延した木々の間にこだまして籠った。

数日経って、美沙は体調が勝れなくなった。縫製部の仕事を休んで宿舎で療養した。夕方、俺が帰ると、美沙は昼飯にも手を付けず、朝出たときのまま臥せていた。心配して、病院へ行こうと促したが、大丈夫だと言う。新たに配達された夕飯も食べようとしない。弁当箱に詰められた飯を鍋に移し、粥にしてやった。二、三掬い口にしたが、もういいと拒否して横になった。俺は枕元に座り、汗で湿った髪を撫でてやった。

「お前に苦労ばかり掛けるから、身体が弱ったのだろうか……」

「いいえ……ただの風邪よ。明日には治るわ」

「昼間、村田に呼び出されて、恫喝されたよ……」

美沙は重たそうに瞼を押し開けて、何を言われたか心配した。

「早く堕胎《おろ》せに決まっている」

「……」美沙は再び目を閉じて、吐息を洩らした。

「嫌だと答えたら、奥さんを説得するぞ、と脅しに掛かった」

「……」

「それなら、園を出ると急所を突いてやった。すると唇を歪めて、それはいかん、と慌てて、但し夫婦寮は出て行ってもらうと、別の嫌がらせが始まってね……。近藤さんと打ち合わせた通り、部屋の割り振りは自治会の管轄だから、そっちと相談してくれ、と返事してきた。大丈夫さ」

「近藤さん一人じゃ、どうしようもないでしょう」

目を瞑《つぶ》ったまま美沙は気弱に呟いた。

「大丈夫さ。今の執行部は管理側の要求を鵜呑みにすることはできないさ。そんなことはできないさ。彼等は自分達も人間の端くれだと主張し始めたからね。病気が治り、予防法が改正され、自らも壁の外へ出て行く日を夢見ているのさ。だから、俺達の問題は彼等の問題でもあるわけだ。子供を自由につくることは誰も否定できない。自らの人間性を抹殺することになる。執行部自身が問われているのさ。況《いわん》や、殺すなんてできない。そうだろう……」

「そう思うけど……このごろ、時期を待つのもいいかも知れないと、思うことがあるの……予防法が改正されたあとに、もう一度作れば……」

「気弱になったねぇ、美沙は……大丈夫だよ、神様は美沙のことを見守ってくれるよ……誰かが産まなければ、予防法は潰れないよ。俺達自身が願わなければ、決して予防法は変わらない。園長達の考えは国会証言通りだもの」

「育てられるかしら……」

「予防法も変わっているさ……育てるんだよ。美沙が乳を飲ませてね」

「……」

美沙の口許から火照った息が洩れている。俺は掌を額に当ててみた。熱い。熱が出始めたようだ。枕元を離れて洗面器に水を汲み、手拭いを絞って冷やしてやった。

「水が飲みたい……」

力ない声で要求した。俺は茶碗に水を汲み、抱き起こして飲ませてやった。

「井戸の水を汲んでこようか……冷たいよ」

「いいよ。暗いし……無理しなくて」

「近藤さんのところで熱冷ましを借りてくる。ついでに井戸水も汲んでくる」

そう言い置くと、美沙を横たえ、大きな水筒を携えて外へ出た。

夜空には月の淡い光を受けた幾つもの雲が浮かんでいた。月を隠して黄色く焦げた雲は痛々しげに逃げ惑っている。洩れた月明かりが不安な足元のでこぼこを辛うじて照らしている。銀色の水筒が粗末な光を吸い込み、冷たい闇に不気味な光沢を放つ。

近藤の宿舎へ出向き、解熱剤を一錠貰った。それから、林の中にある井戸へ急いだ。

孤高に照る月を次々に襲う憎き雲に脅《おびや》かされ、夜道も闇にうねっていた。公園を抜け、雑木林の中の井戸端に辿り着いた。

虫の音が喧しい。萱葺きの屋根は月の光を纏って闇に浮かび、自らの存在を誇示している。昼間は苔吹いたみすぼらしさが、一皮剥いたように瑞々しい。俺は水筒を敷石に置き、早速、梁から降りている釣瓶《つるべ》の縄に手を掛けた。

そのとき、女の小さな悲鳴が聞こえた。慌てて引く手を放し、耳を澄ませた。すると、虫の音に混ざって、断続的な女の喘ぎ声があった。辺りを見回した。水小屋から声は洩れている。誰かがやっている。よくある情景だ。結婚前の男女が、消灯前に掛け込みで、愛し合っているのだろうと思った。

どうでもよかったのだが……。誰なのか確認しておくのは、話の種になると考えた。覗き見趣味……。水汲みはそのあとでもいい。足音を殺して、水小屋へ忍び寄った。硝子窓からこっそり中を覗いた。大きな蜘蛛が水瓶の上に銀糸を懸命に張っている。視線を巡らすと、藁の上に月光が注がれ、白い裸体が絡み合っていた。目を凝らした。はっきりせぬが、女は異様に長い髪だ。岩墨か……。間違いない。祝詞を上げる後ろ姿を飾る巫女の髪だ。男は上になったままで顔はわからない。ばかばかしいので帰ろうとした。だが不思議な気がした。他の女なら興味は湧かないが、教祖様だ。確かに美人であるが、男を寄せつけない雰囲気を持っている。更に日頃、予防法改正運動に水を差す言辞を繰り返している。そう思いが巡ると、非常に興味が湧いてきた。相手を特定しておくと、後々、ためになる。

俺は二人が小屋を出て来るのを待つことにした。冷たい戸板に耳を擦り付け、中の喘ぎ声を盗み聞きながら、終わるのを待った。断片的な話し声が聞こえる。内容は聞き取れない。が、聞いたことがある声だ。女は岩墨に間違いない。男は誰だか思い出せない。ようやく、気が狂ったような岩墨の歓喜の声を聞いたあと、戸口を出る二人が見える樫の樹の陰に身を潜めた。

錆びた蝶番《ちょうつがい》の忍び音が軋み、板戸が外へ開いた。男が半身を覗かせた。視線を巡らし外の様子を伺ったあと男は外へ出て、手を引いた岩墨を月明かりに晒した。二人は凭《もた》れるようにして歩き、井戸端に立った。鈍い音がして金属片が転がり、草原《くさはら》に消えた。それを確認すると男は歩き始めた。女は抱き合ったあとの肌の温か味を名残惜しむように、男の腕にぶら下がって着いて行った。

男は村田事務官だった。驚きは当然だった。だがそれよりも嬉しさが勝った。服に付いた枯れ葉を払いながら、草叢に蹴り込まれた水筒を捜した。脇腹がへこんだ水筒を掌で労わりながら慰めてやった。

……お前を傷付けた奴は、命の恩人だ……

釣瓶《つるべ》を巻き上げて水を汲み、変形した水筒へ移すと、大事に抱えて持ち帰った。

宿舎へ戻ると、近藤が美沙の枕元に座っていた。襖が引かれる物音に顔を向けた美沙は熱に冒されて目が虚ろだった。近藤は洗面器に手拭《てぬぐい》を絞りながら、往診を頼んだと告げた。済みませんと頭を垂れて、美沙の臥所《ふしど》の脇に座った。鋭い視線が飛んできた。

「何をしてたんだ。病人を放っておいて……」

「水汲みに手が掛かりまして……面倒を掛けて済みません」

水筒を示しながら謝った。近藤は、心配になって来てみたら案の定、心配なことが起こっていたと小言をぶつけたあと、強面を崩した。俺は枕元の湯呑に水筒の水を汲み、美沙を起こして解熱剤を飲ませた。

「命が再生する水だ。美味いだろう」

「冷たくて美味しい。生き返るみたい……」

そう言って、再び横たわった。近藤も安心したようだ。頷いて、手拭を額に乗せた。

玄関の戸が引かれ、往診に来ました、と快活な女の声がした。俺は立ち上がって襖を開けた。目だけを残して全身白衣で覆った看護婦と医者が立っていた。お願いしますと半開きの襖を全開した。

看護婦はお邪魔しますと声を上げたあと、小脇に抱えた茣蓙《ござ》を上がり口の板間に置いた。そして巻いた茣蓙の中央を押して転がす。茣蓙は板間を転がって広がり、襖の敷居で止まった。看護婦は長靴のまま、茣蓙を敷いた板間に上がり、止まった茣蓙の先端を持ち上げて敷居を乗り越えさせた。更に転がして広げ、美沙の臥所に先端を至らしめた。看護婦と医者はその広がった茣蓙の上を、長靴で歩み、美沙の傍らに座った。その不届き至極な後ろ姿に俺は声を上げずにはおれなかった。

「ちょっと待ってください！」

往診鞄を広げる看護婦と、聴診器を耳に掛けようとした医者は振り向いた。どうしたのかという怪訝な目付きだ。俺は立ったまま口を尖らせた。

「ここは私達の家です。茣蓙と長靴は止めてくれませんか」

きっぱりと告げた。医者と看護婦は無視して仕事を始めた。近藤は美沙の枕元を立ち上がり、いきり立つ俺の側に歩み寄って制した。診察を済ませると医者は、風邪なので薬を取りに来るよう告げ、わざと長靴で畳を踏み鳴らして玄関へ降りた。看護婦は広げた茣蓙を後ろ退《すさ》りで巻き取り、引き戸を乱暴に閉めて帰って行った。

俺の怒りは収まらなかった。近藤に何故止めたと食って掛かった。

「まず、奥さんの治療だ！」

「それにしても、ばかにしていますよ！　俺達は家畜ですか!?」

「わかっている。今までは獣《けだもの》扱いだった。だがもう違う……暫く待て！」

俺の肩に片手を置いて、力強い口調で諭した。俺は不満を込めて近藤を睨み付け、唇を噛んだ。美沙は争いに耐え切れず、蒲団を被って反対側に身体を向け、芋虫のように身体を丸めた。


白采の葉屑が残る畑に初霜が降りた日だった。寒空を飾った満天の星が夜明けと共に降り落ちたかのようだ。陽が昇っても溶けずに煌びやかな冷気を放っていた。

村田事務官は湯気が立ち籠る炊事職場へわざわざ出向き、俺を会議室へ呼び出した。どうせまた恫喝だろう。飯炊き業務を仲間に代わってもらい、神妙な顔付きで会議室の扉を開けた。窓から肌寒い光が斜めに入るだけの部屋は薄暗かった。壁を背に村田は長机を前に一人座り、腕を組んで待ち構えていた。その姿は蜘蛛の巣に掛かった獲物を睨む毒蜘蛛に似ていた。机を隔てて対面に座ると、強面を崩して言った。

「奥さんの堕胎は既に難しいだろう……」

「……」

「産んだあと、通常通りの処置を受け入れてくれんかね……」

通常通りの処置とは療養所方式の出産のことだ。何らかの事情で堕胎できない赤ん坊は産まれたあと、膿盆に載せたまま放置して死なせ、死産として処置していた。

「子供の抹殺と私の断種ですか」

村田の顔は強張り、語気を強めた。

「言い難いけど、そうだ。優生保護法でらい病患者の子供は処分することになっている……国の決まりだ」

あからさまに職務を遂行した。背中の壁を大胆に走る複雑な亀裂は蜘蛛の巣のようだ。亀裂から染み出した水紋が見苦しい薄茶の模様を広げている。

だが俺は怯《ひる》まなかった。

「嫌ですね。らい病が治らない病気のときにできた法律は無効です。俺達に菌はいないし、生まれてくる赤ん坊も病気じゃない。村田さんもご存知でしょう」

「決まりは決まりだ。そんな我侭《わがまま》は法律が変わってから言ってくれ。国民が選んだ国会で決まった法律に従うのが、我々の仕事だ。どうしようもない……私は国の決まりに従って物事を進める。従うのが嫌なら、覚悟をしてもらわんといかん」

身を乗り出して恫喝が始まった。決意を込めた顔が赤黒く染まっている。

俺は刃向かってやった。どういう覚悟ですか、と。すると忽ち、声を荒げた。

「出て行ってもらう！」

「いいですよ。退所しましょう」

勢いで言い放った。売り言葉に買い言葉だ。出たあとの行く当ては当然無かった。

「婆婆じゃない……現在、道の向こうに建設中の刑務所だ。来年三月には完成する」

らい病専門の医療刑務所が療養所のすぐ脇に、入所者の喉仏に付きつけるように建設されていた。これにも曰《いわ》くがあった。一千床の拡張工事と並行して園内に建設予定であったものを、せめて園外に建設するよう、自治会は一昨年、計画変更させた。年がら年中、刑務所に威圧されながらの療養生活はやり切れないとの判断だ。

親子三人、そこへ放り込む腹積もりらしい。

「園長もそんなことはしたくないと、言われておる……しかしだ！　どうしても法律に従わないのならば、懲戒検束権の発動も止む無し、と判断されるだろう。警察も検察も我々の味方だ。裁判所も同じだ」

「………」

苦境に立たされて俺は俯いた。目を閉じて腕を組み、暫く考えて顔を上げた。

「自治会執行部はどう言っていますか」

「これは、自治会の権限外だ。国の法律の執行は園長の権限内にある。自治会とは関係ない」

法律を駆使し、畳み込む物言いは獰猛だ。その黒い足先は獲物の首に襲い掛かった。

「…………」

恐怖に言葉をなくし、視線を伏せざるを得なかった。既に俺の対抗手段は尽きた。

「観念して、承諾しろ……全てがうまく行く。沢村君も肩の荷が降りるだろう」

「嫌です……もうすぐ予防法は改正されます。日本国憲法がこの療養所にも適用されるはずです」

俺は顔を上げ、最後の大義を浴びせた。

「夢みたいなこと考えるな！……悪いようにはせんから、承諾しろ」

椅子から身を乗り出して牙を剥く。

俺は村田の見据える視線を逃れ、首を捻じ曲げて顔を背けざるを得ない。

窓の光が網膜を白く染め、木枠だけが黒く浮いた。村田の牙が喉に食らい付きそうだ。

こうなれば、卑劣だが最後の手段を使わざるを得ない。

他に手はない。

顔を正面へ戻すと、一切の妥協も許さぬ村田の緊迫した顔があった。追い詰められた油蝉のように鳴き声を上げ、羽に力を込めて振り回し、銀糸を逃れようとした。俺は口を憚る話を始めた。

「先日、面白いものを見ました」

「そんなものどうでもいい！　君の将来が掛かっている。承諾しろ！」

強要は激しさを増し、喉仏に噛み付いた。俺も苦しさ紛れに、鬼のような形相を成した。

「冷静に聞いてください……」

顔色を窺いながら、あの夜《よる》の、水小屋のことを話した。

見る見る間に村田の強面は崩壊して、萎びた青梅のように色をなくした。それでも唇を噛んで、俺を睨みつけてくる。

それは予想外だった。俺は剣《つるぎ》で刺しても毒蜘蛛の荒ぶれた魂は潰れないのではないかと恐れた。そのまま睨み合いが続いた。

判断に迷いがあった。更に恫喝を加えてくるのか。それとも、諦めるのか。だが顔色は明らかに先程までとは違う。

あの目付きは退路を確保するための脅しではないのかと疑った。次の出方を探っているのかも知れない。一番恐れているのは、醜聞を口外されて大っぴらになることだろう。

村田は何も語らず、睨みつけてくるだけだった。

俺の喉仏が麻痺して痛みを痛みと感じなくなったころ、俺は賭けをした。

「村田さんがこれ以上、私達を困らせないなら、私の胸に納めておきます」

愛の言葉を掛けた。

ここでようやく村田は、絡めた視線を解いて身体を椅子に沈め、肩を落とした。毒蜘蛛は噛み付いた牙を外し、抑えつけていた足を萎縮させ、地上へと落下したのだ。そのまま、汚泥が溜まった排水溝に浮かぶ汚物のように時間が流れた。

俺は黒蜘蛛が濁流の中に沈むのをいつまでも見守った。

どれくらい経ってからであろうか、村田は顔も上げれず、弱々しく屈服した。

「わかった……」

俺は、すぐさま銀糸を張り巡らした巣窟を逃れるように、会議室を飛び出した。だが、苛《さいな》まれた全身に悪寒が走り、吐気を伴う不快感が腹底から競り上がってきていた。逃げ出す油蝉が垂れる小便に似ていた。

往診時の長靴履きは、自治会の要求により、その年の暮れに止めることとなった。

雪が降り積もった朝、美沙は女の子を産んだ。昭和二十八年一月のことであった。近藤の奥さんである香奈目《かなめ》おばさんに宿舎へ来てもらい、取り上げてもらった。昔取った杵柄《きねづか》で手馴れたものだった。

元気な赤ん坊だ。公子と名付けた。産声が上がったとき、防寒着に身を固めて屋外で雪を踏んでいた入園者の拍手と歓声が、雲が垂れ込めた寒空に轟いた。玄関を出て報告すると、吐く息を凍らせて祝福の声が巻き起こり、我が事のように喜んでくれた。

それから一週間、香奈目おばさんが泊り込み、美沙と公子の面倒を見てくれた。

「新しい予防法が成立したときの様子はどうでしたか」

その年の三月、突如、新しい「らい予防法」案が政府の手により衆議院へ提出された。予防法案は必ず入園者との協議を経て提出するとの合意を無視しての暴挙だった。内容は三園長証言を踏襲したもので、入園者の要求とは懸け離れ、到底受け入れることができない代物だった。当然、全国の療養所で怒りの抗議が巻き起こった。が、吉田首相の予算委員会での暴言に端を発した不信任案可決により、衆議院が解散され、その法案は流れた。

運良く廃案となったが、厚生省の意図が入園者の前に明確となり、更に信義に悖《もと》る闇討ち的な立法戦術を見せつけられた。

園内を春色に染めた桜の花の華麗さとは裏腹に、人々の胸の中には氷を詰め込まれたような緊張が否応無しに張り詰めた。芽を吹き出した将来の展望が霞んでいく。園当局への不満が個々人の枠を溢れ出し、合流して大きな流れとなって行った。抗議集会が断続的に持たれ、不穏な空気も出現した。自治会は怒りの統制に手を焼いた。園当局は責任を厚生省本部へ転化し、翌月、厚生省幹部が熊本を訪れた際、法案の説明を依頼した。

当日、老朽化した公会堂に入園者は集まった。開始予定時刻の三十分前には会場を埋め尽くす七百人が集まり、今や遅しと厚生省担当官を待った。自治会の担当員が壇上に上がり、手筈を説明した。許された時間は二時間しかない。まず私が代表して総括質問をする。それに答えてもらったあと、みんなの思いを伝えてくれ。但し他の人が発言中は静かに聞くこと。そう念を押すと、壇上を降り、一番前の席に陣取った。

担当官は定刻には現れなかった。時間が刻々と過ぎ去り、会場には不満が溢れ返った。来ないのではないか。逃げたのではないか。文書だけ置いて帰る積もりではないか。やはり来る訳がない。様々な憶測で苛立ちが募っていった。

入り口がざわめいた。とうとう現れた。遅刻を詰る怒声、改悪反対の合唱が轟いた。厚生省担当官、園長、事務官と自治会役員が壇上に用意された椅子に座ると、手筈通り、会場は静まった。自治会会長がマイクを握り厚生省担当官僚を紹介した。早速、担当官は新予防法草案の内容を説明した。百も承知のことを勿体ぶって長々と話し、時間を浪費した。不満を見透かしたように終えると質疑に入った。

先程の自治会担当者が質問に立った。強制検診。強制入所。知事への通知。秩序維持法規。無断外出罰則。何故これらを維持強化するのか、問うた。それに答えて、現在の予防対策は隔離収容しかない。そのため患者収容に当たって患者に意識させるため、罰則を設けた。これは各層各界の承認を得た。衆議院審議は終わり、参議院予備審査も終了している。厚生省は変更する予定はない、と突っぱねた。会場にあからさまな怒号が鳴り渡った。

患者の一人が立ち上がり、マイクに走った。怒りを露わに声を荒げた。

「俺達は予防法改正を求めた。法案は改悪じゃないか。現行予防法は治らぬ病気を前提として造られたものだ。治るようになった今、何故、改悪する。納得の行く説明をしてくれ！」

厚生官僚は席を立ち、演壇のマイクに声を入れた。

「国民を病気から守るのも厚生省の仕事です。この草案は国民の要望を集約しています」

「らいも他の感染症と同じだ。感染すれば治療する。それでいいじゃないか。園長、そうだろう！」

突然指名された園長は戸惑い、渋々演壇のマイクの前に歩み寄った。

「たぶん……将来……抗生剤の長期的効果が確認されれば、そんな時代が来ると思うが……」

「そんなもの理由にならん。他の感染症も強制隔離するのか。自分が感染症になったら抗生剤を使って直すだろう。らいは普通の感染症だ。ちゃんと役人に教えたのか！」

「努力が足りなかった……もう一度、説明するつもりだ」

「聞いたか！　厚生省担当官は専門家の意見を聞いて法案を練り直せ！」

官僚は椅子に座ったまま憮然とした表情を露わにした。答えられないのか立ち上がらない。痺れを切らせて次の質問者がマイクを奪った。

「法案は国民の要望といったが、国民に正しい知識を与えたのか。国民の無知蒙昧に依拠した法律は無効だ。有史以来の遺伝病と騙されている国民は、この案に賛成するだろう。せめて国会議員には正しい知識を伝えてくれ。それから起草してくれ」

それに渋々応えてマイクに寄った。厚生官僚は園長を国会に呼んで話してもらおうかと提案した。すると会場から一斉に、止めろの怒号が巻き上がった。

若い女性がマイクを与えられた。

「私は妊娠四ヶ月です。子供を産もうと思います。罰則がありますか」

「優生保護法に従ってください」

「両親は病気も治り、子供も菌はいないはずです。それでもだめですか」

「誰がおっぱいをあげますか。誰が育てますか」

「私が乳をやります。私達、両親と国が育てます。将来、お国の為に働くはずです」

「あなたと同じ病気になるかも知れません……また入所せねばなりません。かわいそうと思いませんか」

女性は涙を流して訴えた。

「病気は治ります。問題ないではありませんか……命は大切なものです。生きる希望と愛を私達から奪わないで……」

そうだ、そうだの唱和が湧き、演壇に立ちはだかる厚生省官僚に汚い罵声が飛んだ。担当官僚は苦虫を噛み潰したままの表情を保って椅子に戻り、腕組んだ。

幾人かの質問が続き、終了予定時間は瞬く間に過ぎた。園の事務官が自治会長に閉会を促し、会長は演壇に立ったが、会場は許さなかった。次々に質問者がマイクに駆け寄り、法案の改訂を迫った。その間《かん》、会長は何度も質問打ち切りを要請したが、入園者はその都度、非難の嵐で吹き飛ばした。

俺もマイクを握り、訴えた。

「外出制限は止めてくれ」

厚生省担当官僚は答えた。親族の危篤時、葬儀時は許される。そのほかは基本的には許されない。何故かと尋ねると、他に感染させる可能性があると回答した。

「感染させる可能性がなければいいんだな！」

「……」

感染者を前提とした法案は非感染者を罰せられない。官僚は唇を噛んで答えられなかった。時代錯誤の認識を積め込んだ頭では反駁できないはずであった。可能なのは論理を強権により封じ込める手だけだ。が、この会場では状況が許さない。

俺は声高に叫ぶように言った。

「園長！　よく覚えておいてくれ。国の見解だ！」

それに対して厚生官僚は何も反論しなかった。

俺は言質を取った。実は、子供が病気したとき、対策をどうしようかと悩んでいた。園内の小児科医は診てくれるとは思えなかった。壁の外へ出て医者を捜すか、両親を呼ばざるを得ないと考えていた。そのとき、どうしても外出せねばならない。

次の問題を持ち出そうとしたとき、五、六人の園の事務官が壇上のカーテンの陰から現れた。すぐさま厚生省官僚を囲んで立ち上がらせ、カーテンの奥へと連れ出した。入園者は忽ち総立ちとなり、拳を振り翳して口々に怒声を浴びせた。俺は握ったマイクで怒鳴った。

「逃げるな！　まだ終わってない！　入園者の声を聞け！」

俺は怒鳴り続け、入園者達の怒りは燃え滾《たぎ》った。連れ戻せの合唱が古惚けた公会堂を地鳴りのように軋ませた。

その日以来、将来を悲観した入園者達の中に、予防法改正へ向けての自らの決意を、もっと強く押し出すべきだという空気が醸成されていった。闘いのレベルを上げ、実力行使も止む無しと考えるに至った。但し、危険も伴った。成否は国民の支持を如何に取り付けるかに掛かっている。一歩間違えば、国民の反発を買い、一挙に政府法案が可決される可能性もある。更に病身を押しての闘いだ。参加者の病状悪化も危惧されるのだ。従って隊列を整え、効果的な実力行使を計画せねばならない。良識的国民の支持と支援を増やし、マスコミを味方に付けねば勝ち目はない。

俺達はまず四月下旬の園内総決起大会を準備した。予防法改正に向けて厳しい闘いを勝ち抜くため、園内世論を統一しておく必要があった。

今にも雨が落ちてきそうな曇天の下、当日、八百人を超える入園者が管理棟本館正面前に集まった。更に園長にも参加してもらった。園内各部門の決意表明のあと、園長を前に、昨年自治会と園長間で合意した予防法改正陳情書を読み上げた。翌月開催される所長会議ではその線に沿って発言するように求めた。園長は了承した。実際どのように発言するか、予断は許さないが、入園者の前では反古にすることは許されない。そのことが大切だった。更に決意がただの意志表明ではないことを伝えるため、誠意ある回答がなければ、一ヶ月後、患者に押し付けられた園がやるべき作業を一部放棄することを通告した。園長は神妙な顔で受け止めた。

あとは国側の反応を静かに待つだけとなった。


そのころ、一年《ひととせ》の希望を抱《いだ》いて新緑が芽吹いた雑木林の中では、巫女姿の岩墨が、いつもよりは少ない三十人程の信者を集め、祝詞を上げていた。集団の周りにはまなじりを吊り上げた園職員が立ち、神への祈りを守護していた。岩墨は長い祝詞を詠み終えると、立ち上がって大仰に御幣を振り、信者達の頭上に漂う迷いを払った。座った一同は恭しく更に頭《こうべ》を垂れた。

「天主様はいつも私達のお側におられます。どんなに悲しくとも、どんなに辛くとも、私達を守ってくれます。今回、天主様の御心により、新しい予防法が作られます。これは、社会で虐げられた私達をいつまでも守ってくれる法律です。お国の格段の御配慮により、今までより多くの予算が投じられ、園内を安心して暮せる楽園へと導くでありましょう。何もかにも、喜ばしいことです。私達は天主様へ感謝の祈りを捧げねばなりません。更に大きな御慈悲と御寵愛を受けることができますように……」

そう感謝の言葉を信者の頭に振り撒くと再び祠に向かい、恭しく三礼を行なった。そして新たな祝詞を奏上し始めた。厳かな太鼓の音と鈴の音が和し、信者達の心を鎮めて震わせた。

職員と入園者との間の緊張が触れなば切れん状態にまで高まり、一ヶ月は瞬く間に過ぎて行った。国からの回答はなかった。否、回答は無視だった。俺達は理不尽な要求をしている訳ではない。国民として最低限の要望だ。人間としての最低の尊厳だった。こんなに切望しているのだから、少しの考慮はあるものと考えていた。だが、一顧だにしてくれなかった。俺達は追い詰められた魚のように闘いの激流に呑み込まれて行った。

五月下旬、予定通り闘いを始めることとなった。

実力行使前日、落ち掛けた夕日が照らす管理棟本館前広場に、千二百人の入園者が集まり、患者総決起大会が開かれた。自治会を初め、各部門の代表者が悲愴な声で、闘いの大義と正当性を叫び、国の不誠実さを詰《なじ》って決意を表明した。その度に参加者の賛同の声と拍手が鳴り止まなかった。最後に立ち上がって闘争勝利の気勢を上げ、デモ行進へ移った。プラカードを高く掲げ、気勢を上げながら行進した。

先頭を行くのは入園者で組織した音楽団だ。この日のために準備し、練習を重ねた曲を吹き鳴らす。俺達はそれに合わせ、新作の「総決起の歌」を唱和した。

手を繋ぎ合い、腕を組み合い、壁を越えろとばかりに大声を張り上げて練り歩いた。お互いの顔に悲愴な喜びがあった。お互いの手に悲しい温か味があった。お互いの声に孤独な友情が迸《ほとばし》った。勝利を確信した訳ではない。国民の支持を確信した訳ではない。ただ、俺達が久しく忘れ去った人間としての誇りと、明日を生き抜く希望が身体の奥底から溢れ出し、胸を貫き、雄叫びとなって菊池野の台地を揺るがせていた。

鬱陶しい梅雨が園内を隅々まで湿らせた。紫陽花《あじさい》の花だけはこの時を心得ていた。人が忌み嫌う季節を孤独に謳歌している。花弁は鮮やかな水色に染まった。だが降り続く雨は人々の胸苦しさを増幅させ、吐き出す息さえも蒸れていた。

公子を胸に抱き、乳首を含ませながら美沙は涙を滲ませた。

「国は私達の願いを聞いてくれるのかしら……」

「……」

俺も悲観的だった。開け放した窓辺に寄り、軒を落ちる雨垂れの雫を目にしていた。作業放棄しても園は用意周到に対応している。看護婦、事務員を総動員し、更に高値で外部の業者まで導入して仕事の滞りを回避している。国の意志は明確だ。作業放棄は自らの首を絞めていると判断している。内部分裂を期待している。何ら回答してこない。一歩も譲らぬ積もりのようだ。

「公子はどうなるの……」

「……」

近藤の情報では、政府は近々、先に示した法案を衆議院へ再上程する予定という。自治会では更なる抗議手段を考えざるを得ないと話していた。俺もそのときは積極的に参加する。このまま持久戦を続ければ勝ち目はない。

「育てるにはお金も要る……浩光、聞いてるの！」

「うるさい！　あいつらも人間だ、道理は通る！」

咥《くわ》えていた乳首を外し、公子がその怒声に反抗するように泣き声を上げた。美沙は俺を詰り、公子をあやす。機嫌を損ねた公子は泣き止まない。責めるような泣き声が俺の胸を苛める。仕方なく窓辺を離れ、公子を母親の胸から奪い取ってあやしてみた。逆効果だった。公子は魔物に襲われたかのように母親を求めて引き攣り声を上げた。俺は情けない顔を美沙へ向けて赤ん坊を返した。美沙は侮蔑を込めて睨み付けると、母親に戻った。

俺は窓辺へ逃げ、軒下にできた水溜りを叩く雨垂れの音を耳にした。裸電球の傘がなけなしの光を集めて母子に落としている。橙色のそぼ降る明かりに濡れながら、公子は乳首を咥えて安らいだ。


政府は六月下旬、「らい予防法」案を衆議院へ上程した。三月に流れた法案に何の修正も加えてはいなかった。俺達は作業返還運動を更に拡大した。

それでも政府は耳を貸さない。逆に強行採決を企てた。全国僅か一万二千の病者に対して、政府は民主主義的手続きさえかなぐり捨て、襲い掛かってきたのだ。立法機関において合法的体裁を保ちさえすれば、行政と司法は無抵抗ということを骨の髄まで知り尽くしている。国会議員さえ採決時の起立駒として使おうとしていた。

俺達は崖縁に追い込まれた。逃げ場を失った。捨て身の戦術しか残されていなかった。襲いかかる魔の手に病身を晒さざるを得なかった。

七月が明けるや、八名の病者がハンストに突入した。その報は一斉に知れ渡り、次々と共鳴者が馳せ参じた。公会堂に寝具を持って集まり、食事を拒否して予防法成立に抗議した。死んでやるとの決意を口々に上げ、不条理を嘆いた。

俺も参加しようと決意した。自治会の近藤に炊事作業の代役を捜してもらった。

翌日の昼間、押入れを開け、蒲団を取り出そうとしたとき美沙は腕に縋った。

「あなたは炊事係でしょ。持ち場を離れちゃだめよ！」

「俺は行く」

掛けた手を振り解こうと身体を捻った。それでも放さなかった。

昨日、近藤も同じことを言って止《とど》めようとした。おまえは赤ん坊のために頑張れ。ハンスト要員はいくらでもいる。炊事もハンストと同じぐらい大切な闘争手段だ。俺は肯かなかった。赤ん坊の未来のために身体を張る。他に俺が闘う手段はない。どうかやらせてくれと懇願した。近藤は仕方なく頷いた。

「私と公子はどうなるの……」

「邪魔するな！」

そう言って今度は、美沙の手を邪険に振り払った。

俺自身、死ぬとは思わなかったが、下手するととんでもないことに陥るかも知れない、と漠然とした恐怖はあった。だがその恐怖を怒りが押し潰していた。

死んだはずの枯れ木が生き返ったのだ。芽吹いた青葉に枯葉剤が撒かれようとしている。自らを守らねばならない。妻子を守らねばならない。その思いが無謀な闘いへと駆り立てていた。

美沙は出て行く俺の腰に絡んだ。

「放せ！　俺達は生き返ったんだ！」

「いや！」

「お前らのためだ！」

その争いに片隅に寝ていた公子が泣き声を上げた。目許を糸で縛ったように目蓋を締め、口許を耳に達するまで引き裂いて泣き叫ぶ。

俺は諍《いさか》いを止め、乳をやれと促した。美沙は渋々、腰に絡めた腕を外して赤ん坊を抱いた。その隙に玄関を飛び出した。水溜りを避けて歩む蒲団を荷った背中に、ばかたれと罵る声と赤ん坊の泣き声が絡み付いていた。

梅雨空の雲間に水色の日差しが覗いていた。木々の葉は雨後の光に潤み、煌いている。長年の眠りから覚めた熊蟬は覆い被さる土を這い出して脱皮し、声を嗄らして存在を誇示している。お前達も今こそ硬い殻を破る時期だと挑発しているのか。後ろ髪を引く母子が呼び止める声に重なると、胸の中は風に平伏《ひれふ》す蝋燭の火炎のように混乱した。

公会堂の板張りの床に敷布を被せた蒲団が並べてあった。魚箱に並んだ鯖のように整然と三列敷かれている。ハンスト者は各々の蒲団の上に思い思いの姿で、陣取っていた。寝転がっている者。座って団扇《うちわ》で扇いでいる者。ビラを開いて話し込む者。それぞれの格好で空腹を耐えている。数えると三十二人が参加していた。

俺は三十三番目だ。蒲団を胸に抱えて陣取る場所を物色していると、自治会の田名部《たなべ》爺さんが、李兵衛《もくべえ》爺さんの隣りに敷け、と指示をくれた。

板張りの上に蒲団を広げると、早速、李兵衛爺さんが親しげに話し掛けてきた。

「お子さんは丈夫かな」

年老いた声帯が空気を惑わすようだ。縞模様の療養浴衣《ゆかた》の前が開《はだ》け、右手の団扇が時を刻む振り子のように揺れている。肋骨《あばら》が浮き出た胸は生死を乗り越えた輪廻に耐えている。病気と闘った長い歴史がその顔に刻まれていた。

俺は座りながら、病気もせずに元気でいることを伝えた。爺さんは侵された顔を殊更歪めて笑顔を作って頷いた。開いた口に前歯は失われている。

「李兵衛さん、大丈夫ですか……」

心配せざるを得ない。八十を超えているはずだ。

「なあに、大丈夫。俺が捨て石になる……俺が死ねば大問題になるはずだ。そうなればお前達はドクターストップがかかる。助かるって訳だ……死人が出るまで政府は動かん」

古老は大口を開けて笑った。しかし、声はほとんど口腔に籠って外には洩れ出ない。死に場所を探しているような悟った笑顔だ。俺は不気味になって、薄ら笑いで応えた。

「本当はガソリンでも被って、焼身自殺も考えたが、熱そうで止めた……だが餓え死にの方がじわじわ衰弱して苦しいかも知れんがな……どっちみち、ちょうどいい時期じゃ。世話になったみんなの役に立てると、嬉しいぞ」

再び大口を開けた。古老の必死の決意を表わしている。枯れ枝のような骨筋《ほねすじ》張った腕に持つ団扇《うちわ》が揺れても、風は湧かない。療養衣の布は戦《そよ》ぐこともなかった。だがその死を切望する言葉とは逆に、逆境を物ともしない冷静さに生への激しい執着が垣間見え、ハンストを耐え抜くのは俺ではなく、李兵衛爺さんかも知れないと疑った。

また男が蒲団を持って入り口に現れた。文芸誌を発行する山崎だ。俺の横に蒲団を並べた。込み上げる怒りを口にしながら寝転んだ。次から次に男達はやってきた。蝉が鳴き叫ぶ夕暮れ時には四十人を優に超えた。

五十番目に入ってきたのは、養豚作業をやっている岡田だった。入り口で蒲団を抱えたまま、大声で自治会の桑名に報告した。桑名はハンストには参加していないが、闘争の指揮者だ。

「巫女がまた妨害しとる。止めさせてくれ！」

雑木林の中では、鳴き騒ぐ蝉達の声に妨害されながらも、岩墨は祠《ほこら》に座《ま》す天主様に祈りを捧げていた。囲んだ木々の肌さえ、染み込んだ雨に閉ざされ、蒸泄もできずに不快さに耐えていた。それでも六十人程に数が増えた信者達は厳かな巫女の声に心安らぎ、一日の無事を感謝した。祝詞を終えて立ち上がると、袖を翻して振り返った。額ずく信者を前に託宣を語った。

天主様は現在の療養所の状況に気を病んでおられます。天主様のお図りになった秩序は乱れ、人心穏やかならざるものがあります。不貞の輩《やから》は与えられた仕事を放棄し、安寧の理《ことわり》を破り、寄る辺なき輩《ともがら》の身辺を危険に陥れようと企てています。

私達は何としてもこの楽園を守らねばなりません。天主様のご意向を汲んだお国は、如何に困難があっても、この楽園に秩序と安寧をもたらすでありましょう。不幸な人生を歩んだ私達を加護する法文《ほうもん》がもうじき発せられます。

天主様のご意向に反逆するものは地の底へ落ちます。心静かに天主様の御慈悲を待つ者は天界へ導かれます。

天主様を信じ、天主様を安んじ、天主様の御恩寵を頂くために祈り続けるのです。

力強く語り終えると、再び祠に向かって額ずき、幽玄な祝詞を上げ始めた。笛の音と太鼓の音が一際大きく添えられると、深い祈りとなっていった。薄闇が神々しく頭上を覆い、弓のように張り詰めた笛の音が辺りの草木を沈黙させる。蝉の鳴き音も平伏《ひれふ》し、眠りに就いた。信者達は両手を合わせて頭《こうべ》を垂れ、療養所の安寧と天主様の御加護を願った。

その夜、公会堂で空腹と闘った者は五十八名に達した。更に、支援の入園者が入れ替わり立ち代わり訪れ、心配そうに励まして帰った。殺風景な木造の板間はその日ばかりは人いきれで蒸し返った。天井の高い所に吊るされた傘付き電燈の光は、床に届かず途中で力尽きていたが、闘う人々の発する光で、忍び込む闇は目が眩むかのように踵を返した。夜が更けるまで人の囁きが零れ、床を伝う足音が忍び、出入りする者が残す扉の音が夜の魔物の侵入を阻んだ。

美沙は公子を抱いて訪れた。厚い扉を開いてその親子の姿が現れると拍手が湧き、細波のように広がった。寝ていた者も何事かと起き上がり、母子の姿を認めると思わず感嘆の呻き声を洩らし、手を叩いた。美沙は訳がわからず、顔を赤らめた。赤ん坊は驚いたように美沙の胸に顔を埋める。扉の前に立ち往生していると、田名部爺さんが夫の居場所を指差した。頷くと四角い敷石の溝を辿るように、蒲団の際《きわ》に沿って歩んだ。

妻子はハンスト者の眼差しを一斉に引き摺って来た。俺の傍に立ち止まると蒲団に座り、公子を渡した。俺は恐々《こわごわ》膝に抱いてあやした。泣かないでくれと祈りながら。みんなの視線が集まっている。ここで泣かれれば父親の面目がたたない。

隣の李兵衛爺さんが枯れ木に紛う両手を差し出した。

「冥土の土産じゃ。わしに抱かせてくれ」

「怖い顔を余り近づけちゃだめだよ」

膝でにじり寄って渡しながら忠告した。わかっとる、と目配せしながら公子を膝に抱いた。公子は俺の顔を見たまま泣き声を上げなかった。爺さんにサービスしているのかも知れない。親孝行な娘だ。爺さんは後遺症を残した顔を遠ざけて公子を揺すり、名前を尋ねた。教えてやると、何回も呼び掛け、痩せた胸に抱いた。

公子が泣きそうな顔をしたとき、俺は取り戻した。

その光景を見て、多くのハンスト者が寄って来た。李兵衛爺さんに懐《なつ》くのなら自分も大丈夫と思ったようだ。俺も俺もと代わる代わる、公子の名を呼んで無骨な手で抱いた。嬉しそうに笑顔を零して次の男に渡している。俺達両親は、落としはしないかと心配げに見守った。不思議なことに公子は泣かなかった。

一頻り、そんな時間が過ぎて、美沙は赤ん坊を返してもらった。やはり母親の胸が一番好いらしい。安心するかのように頬を埋めて欠伸を洩らした。

美沙は非難がましい言葉を吐くこともなく、落ち着いた視線を俺に残して帰って行った。蒲団の畦を辿るとき、口々に感謝と激励の言葉を掛けてもらっていた。

やはりその夜は空腹が災いしているのか、なかなか眠りにつけなかった。梅雨のおもたゆい湿気が皮膚を威圧し、熱の放散を邪魔して体温を籠らせた。敷き蒲団に溜まった熱から逃れるため、寝返りを繰り返していると、李兵衛爺さんが寝物語をしてくれた。

俺は仰向けのまま目蓋を閉じて耳を欹《そばだ》てた。抜けた前歯の隙間から息が洩れ、聞き取り難い声だった。

あんな赤ん坊を抱ける日が来るとは思わなかった。お前には感謝するよ。本当に冥土の土産になった。

こんな夜だから、爺さんのつまらない話でも聞いてくれ。

俺も幼いころ、眠れぬ夜は、母が寝付くまで話をしてくれたものだ。母親が話す物語は心休まるものだが……許せ。お前には話しておきたい。

俺には生まれたときから人権なんてなかった。代わりに運命論的な卑屈さを与えられた。両親は本妙寺部落に住んでいた。小さいころ母親について境内の石段へ行ったものだ。母は錆びた缶詰の空き缶を前にして、地べたにしゃがみ、乞食をした。哀れな声で参拝者に投げ銭を請うた。俺は投げ銭の音を数えながら母の回りで遊んでいた。十銭より多いときは部落内の駄菓子屋で飴玉を買ってもらえるのだ。

父は金峰山の山中で炭を焼いた。少年期は学校へも行けず、父のあとをついて炭小屋へ通い、手伝いをした。炭を売ることにより僅かだが収入があったようだ。時々、金が入ったといって古着や食料を持って帰った。貧しいけれど、親子三人どうにか生活した。

十八になると仕事を覚えた。近所のおじさんについて、托鉢僧の格好をして軒々を回った。一つ覚えのお経を唱え、家々の善意を騙し取り、日毎の糧とした。働くところはなく、母と同じく慈悲に頼る以外に収入はなかった。

父は俺が三十になる前に死んだ。死期を悟ったのか、一年ほど前から炭焼きの仕事を徹底的に教え込んでくれた。飯の種だと思い、俺も手指の不自由さも乗り越えて重労働に耐えた。母も病状は進んでいったが働き者で、物乞いの日課は忘れなかった。炭焼きの仕事には慣れたが、焼いた炭は市価の半値以下で買い叩かれた。仲買人は、お前が焼いた物を買い上げるだけでも感謝せよ、と見透かした。

四十歳のとき強制収容に遭い、母と共にここへ来た。母は間もなく死んだ。それ以来一人だ。自由も束縛された。病気も徐々に進行した。死に行く悲惨な父親の姿が思い出され、頭を離れなくなった。守るべきものもなくし、何度となく自殺の誘惑に駆られた。無気力が俺の生を押し流した。しかし、特効薬ができて話は変わった。奇蹟が起こったのだ。運命だと信じていた病気が治ったのだ。

新しい時代が来る。お前達夫婦が子供を産んだと聞いたとき、確信した。俺が辿ったような人生はもう必要でない。慈悲と恩寵に委ねる卑屈な人生はかなぐり捨て、自らの力で生きて行ける時代になった。拾った俺の命をお前の子に捧げよう。更に新しい時代がきっと来る。お前の赤ん坊が健やかに育つ日が……。

爺さんの話が終わるころ、天井に激しい雨音がし始めた。窓から入る涼しい風が、蒸し暑さを追い払い、あちこちで空腹への腹立ちを込めた寝息が立ち始めた。

不快な朝を迎えた。

窓の外が白むころ、一番鳥よりも早く、執行部の近藤が公会堂へ走り込んできた。息を吐く間もなく、大声を張り上げた。

予防法が衆議院を通過した。

ハンスト参加者は一斉に目覚めた。元気のあるものは悔しさを紛らすように声高に罵声を吐いた。

自治会長が駆け付け、全患協本部指令を読み上げた。

残念だが、我々の声は国民に届かなかった。闘争方針を練り直す。それまで待機せよ。

非難がましい叫び声が上がった。ハンストは中止か！　会長はそうだと答えた。

すぐさま場内に不満の声が広がる。俺は死ぬまでやるぞー！　覚悟はできている！　何人か死なんと声は届かんぞー！

俺の隣の李兵衛爺さんが膝で立って有らん限りの声を絞った。

「みんな帰れ。身体を休めよ。参議院がある……俺が一人残る」

方針転換があった。園内での闘いだけでは限界がある。我々の声を国民へ直接訴え、参議院での廃案を目指す。地元議会、県議会、地方医務局等々への陳情、国会、厚生省への直接陳情を強力に推し進めることとなった。

李兵衛爺さんは執行部の指令に従わず、宿舎でハンストを続けた。再三の説得も敢然と拒否した。だが老体は空腹と暑さに蝕まれ、三日目、意識朦朧となり遂に病院へ担ぎ込まれた。

七月下旬、国会陳情のための要員が五人、療養所を立ち、東京へ向かった。九州医務局へもバスを仕立てて陳情に出掛けた。熊本県庁には総勢二十二名の入園者が出向いて請願書を提出した。入園者が大挙して外出し、国民の前に姿を晒すのは初めての経験であった。医務局、県庁職員は慌てふためいた。

自らの存在を認知してもらい、人間として最低限の権利の主張をする姿を見せておくのは大切なことであった。壁の中に押し込められ、中で何があっても無関心であってもらっては困る。これからは共存の時代にはいる。理解してもらわねばならぬ。我々はあなた達と同じ人間だということを。

園当局は外出許可証発行に難色を示したが、園長との直談判で承諾をもぎ取った。他への感染可能性がないものは、厚生省幹部官僚も外出差し止めはできない、との四月の言質が大いに効を奏した。

七月の最終日、園長は参議院議長宛に、昭和二十六年の園長証言を取り消す、との電報を打った。園内秩序の更なる混乱とその引責を心配して、自治会との交渉で承諾した。

東京ではそのころ参議院への陳情を繰り返し、本館前で座り込みが始まっていた。更に、各療養所手分けして全国の都道府県議会に陳情団を繰り出した。我々の現状を説明し、医学的根拠のない因習的な偏見に基づいて、囚人扱いする予防法に反対を表明してくれるよう要請した。

参議院の審議が大詰めを迎えた夏の盛りの日、多摩の療養所から陳情隊が国会議事堂へ向けて歩き始めた。その数、三百五十人。政府は所沢街道を行進する入園者に武装警官を差し向けた。だが彼等には我々の思いを押し留めることは不可能だった。

八月六日、「らい予防法」は参議院を賛成多数で通過した。

痛恨の思いでその報に接した。

せめてもの救いは付帯決議を勝ち取ったことだった。これは入園者の要求の一部に過ぎなかったが、憲政発足以来初めて、らい患者の手で患者のための成文を書き加えることができた快挙であった。黙するだけが自らの利益であり、ただ慈悲と恩寵に頼ってきた人々にとって新時代が到来したことを意味した。これこそ、不充分ながらも、入園者の闘いの成果であり、また広範な良識的国民の支援の賜物であることを忘れてはならない。

その日は大地を炙《あぶ》り尽くした太陽が沈んでも蝉の声は泣き止まなかった。梅の木に群れた油蝉が枝を這い回り、小さな体躯が触れる度に甲高い鳴き声が縺《もつ》れた。追い出された蝉の羽音が聞こえ、枝を渡って不快に泣きじゃくった。

公子のおしめを替えながら美沙が無念を洩らした。

「やはり、駄目だったわね……」

俺は団扇《うちわ》を苛立たしく振ったまま、畳に広げた新聞から目を離すと、あどけない公子の見開いた瞳に出合った。

「確かにな……しかし俺達は、破れはしたが、闘うことの意義を知った。結果だけではないさ。その過程に様々な成果があった。喜びがあった。歴史的に固められた運命論的皮殻を自らの力で打ち破り、お互い確かめ合い、連帯し、新しい社会的存在へ脱皮して行く自分を見つけることができた気がする。蔑視と侮蔑と表裏一体をなす慈悲と恩寵に期待せず、対等な人間としてお互いを認め合うことを理解したさ……負け惜しみじゃないよ……」

そう言って励ましたが、全身を覆う徒労感は否めなかった。

李兵衛爺さんは病院のベッドで息を引き取った。一昨日のことだ。ハンストを続けたのが災いした。俺が見舞いに行くと、虚ろな目玉を剥いた。手を取って切れ切れに言い残した。

「俺はお国に人権を売った果ての殉死だ。お前は国から人権を取り戻して妻子のために生きろ」

俺は目を細めて頷いてやった。すると事切れたかのように、瞼を深く閉じて手の力を抜いた。命を賭けた杢兵衛爺さんの期待は露のように消えた。だが、逆に幸せかも知れぬ。残忍な結果を知ることもなく、希望の最中で死んで行けたのだもの……。

公子が訳のわからぬ声を洩らして、手を振っている。尻の不快さが取れたようだ。

「これからどうしようか……」

濡れたおしめを片付けながら美沙が洩らす。

「………」

俺の頭の中には花火のあとの暗闇があった。大輪となり爆発した火の粉はいつまでも夜空を彩るものと思っていた。残照が白い軌跡を描いて燃え落ちたとき、初めて正体を思い知らされた。答えることもできず、蹲って新聞に視線を落とした。


巫女岩墨は翌日、三方《さんぽう》に夏の野菜を堆《うずたか》く盛って恭しく祠に奉げると、高らかな太鼓の乱打に鼓舞され、勝利の凱歌を挙げた。

「天主様は私達に期待以上の法文を授けられました。先の草案に、九か条の付帯決議という恩寵を付け加えられたのです。お国は益々、私達のために深い配慮をお払いになり、広い御心で接せられます。私達の願いは叶ったのです。天主様の御慈悲に感謝申し上げましょう。今後益々この療養所は、地上の楽土となっていきます。私と一緒に、さあ、天主様に勝利の祈りを捧げましょう」

地面に居並んだ信者達は手を合わせて目を閉じ、巫女が読む祝詞に酔った。林の中では時を知り、勢いをなくした蝉時雨に混じり、その年初めて、つくつく法師が孤高の叫びを上げていた。

それと期を同じくして、本館前広場では入園者が多数集まり抗議集会を催した。それぞれに拳を振り上げて怒りを表わし、闘い続ける悲愴な決意を表明した。

怒りとは裏腹に悲しみに満ちた集会だった。最後に参集者は焼けた土に足を焦しながら園内を練り歩いた。癒せない苦痛と、慰めもない悲哀が乾いた埃となって肌身に貼り付いた。新たな茨の道が待ち構えていることを知っている。覚悟せよと西日が群となって長蛇の列に降り注いでいた。

月が変わって九月。村田事務官が転勤した。そのあと、巫女岩墨須賀子が天界へ行くと言い残し、園内から姿を消した。信者達は女王蜂を失った蜂のように安住のねぐらを探し求めて彷徨《さまよ》った。帰って来ないと諦めると、巫女に授けられたお札《ふだ》を握り締め、巣の中に潜り込み、死んだように黙り込んだ。

「らい予防法が成立したあと、どうされましたか」

俺達の期待通りに予防法が改正されていれば、らい病の後遺症を残した身体障害者として、生きていくつもりだった。だが、それは儚い夢と消えた。右肩に貼り付けられた病者の刻印は外れるどころか、新しい別の刻印を左肩に押されたも同然だった。予防法は示していた。危険な病気だ。見つけ次第、捕まえて終身刑に処せ。

園内での子育ては無理と断念した。公子の将来のために、園を出ようと考えた。時化《しけ》た荒波が待ち構えていようと、その方が自らの自立にも繋がる。

父を説得することにした。父は海辺の小さな町で中学校の校長をしていた。五十半《なか》ばを超えて、母と二人暮しだ。

俺は無断外出した。担当課に許可を願い出るのは無駄だと判断したのだ。

蒼く澄んだ空高く、幾筋もの白雲が高速の偏西風に千切れんばかり引き伸ばされていた。軍手で手指を隠し、帽子を目深に被った。電車に乗ってバスを乗り継ぎ、両親が暮らす海辺の町へと向かった。常に回りを警戒した。目付きの悪い奴がいると席を替え、なるべく目立たぬように振舞った。

潮の臭いが漂う、寂れた町だった。貰った手紙の住所を頼りに、道行く人に尋ねて住まいを探し当てた。

玄関の硝子戸を後ろ手に締め、かあちゃん俺だ、と呼ぶと、めっきり皺が増えた母が出て来た。地味な着物の上に割烹着を重ねている。

母は誰かわからず戸惑いの表情を浮かべた。事前に連絡していないから当然だ。帽子を取り、浩光だよ、と笑いかけると、萎《しお》れた顔の怪訝さは一気に砕け、驚きの表情に変わった。割烹着の袖で顔を隠しながら、亡霊にでも出会ったかのように後退《あとずさ》りして息を呑んだ。

俺は構わず、靴を脱ぎ、玄関を上がった。

「足はあるよ……浩光だよ」

その声にようやく落ち着きを取り戻したようだ。口許の袖を外し、

「どうしたんだい。お許しが出たのかい……」

と歓迎の言葉より先に不審の声を投げた。

出るもんか、と俺は吐き捨てた。

母は不審をそのまま仕草に漂わせ、ぎこちなく迎え入れた。座敷へ導き、取り敢えず茶を淹《い》れに行った。俺は硝子戸を引き、庭の空気を引き入れた。

転勤が多い父は、庭の手入れはいつも母任せだ。狭い庭の隅には黄色く枯れた雑草が茂っている。大きな柿の木がたわわに実をつけ、根元に枯れ葉を撒き散らしている。節くれ立った細黒い枝が空の蒼を切り裂いていた。

父さんは仕事だよ、と告げながら茶を運んで来た。俺は応接机に座り、久し振り母が淹れてくれた茶を啜った。

潮の臭いが混ざった静かな風が渡って来た。足の長い日差しが畳を金色に焦している。斜め前に座る母はようやく気持ちが落ち着いたようだ。何も言わずに、心配そうな視線を、茶を啜る俺の横顔に投げていた。

一滴も残さず飲み干した湯呑を置くと、庭に視線を遣ったまま、療養所の情況を話してやった。母は入園者の予防法改正運動も知らないし、新しい予防法が成立したことも知らなかった。情報は届いていない。田舎町ではそんなものかも知れない。

ただ頷くばかりの母に身体を向け、訪問の目的を話した。病気が治ったことは前に知らせてお

いた。そこからの長い話となった。何を語ることもなく、ただ頷きながら黙って聞いてくれた。だが、子供を設けたことに話が辿り着くと、困惑の表情が浮かんで閉じた唇が裂けた。ひどい目に遭っていないか。子供は元気に育っているか。婆さんとしての当然の心配をしてくれた。病気もなく、母子とも元気であることを告げると、溜息を吐いて、これからどうするのかと、解《ほっ》れた髪を耳の後ろに掻きながら弱々しく洩らした。

「公子は親父《おやじ》の長女として籍を入れる」

「……………」

母は即答できず、目を細めて遠くを見るような視線で、ただ緩やかに首を上下させた。同意してくれるのか、拒否しているのか判別はつかない。曖昧な反応だった。

俺はどうしても受け入れてもらわねばならなかった。母の老いた視線を絡め取り、喉を絞って、協力してくれと懇願すると、私はいいが父と相談してくれと了解した。強要だったかも知れないが当然だと思った。とにかく母を味方につけることに成功した。更に療養所を出たら働くと安心させる言葉を贈った。

「お国は許してくれるのかい……」

仕返しを恐れているようだ。

俺にもわからなかった。だが構ってはおれない状況だ。公子を育てる他の手は考えつかない、と覚悟を求めた。

善良な市民として生活を送ってきた母だ。国の決まりに楯突くなんぞ考えてみたこともなかったであろう。酷な要求であることはわかっている。母は突如降り掛かった災難を必死に受容しようと表情を取り繕った。それ以上、俺を問い詰めようとはしなかった。

俺は両手両足を思い切り伸ばし、大の字となって畳に横たわり、娑婆《しゃば》の空気を噛み締めながら父の帰宅までの時間を潰した。

それでも持て余した時間で、海岸を当てもなく歩き、秋の夕暮れを味わった。

赤く焼けた西空を薔薇色に染まった横雲が幾重も漂い、夕日を埋めていた。穏やかな海面には一線に連なる白波が湧き、規則正しく緩やかに寄せている。沖を行く小型の漁船を白い鳥の群れが追っていた。

浜辺には誰もいない。

砂に足を取られながら心地好い潮風に吹かれた。

打ち上げられた貝殻を海に向かって投げた。

拾った白骨のような木切れで濡れた砂にらいという文字を刻んだ。幾つもの細波《さざなみ》が忍び寄った。

誰も来ないことを祈って見詰めた。波が砂を這い、文字の頭の方から次第に崩れていった。全ての痕跡が消え去るまで、騒ぎ立てる胸の鼓動を聞きながら、じれったい波の営みを見守った。

細波が洗い、判別できぬ程の文字の痕跡を残し、足元を浸し始めたとき、逃げ去るように離れた。

きっと明日は消えている。海水が必ず砂浜の表面を均《なら》してくれる。きっと……。

聞こえていた鼓動が収まり、ようやく顔を上げた。朱色に溶けた夕日が雲間に覗いて網膜を宥め、翳《かざ》した手指を染めた。

陽が沈んだあと父は帰って来た。

俺の顔を目にすると開口一番、たまには脱走して来い、と冗談を放って笑みを零してくれた。

嬉しかった。

　母が運ぶ海辺の幸を肴に酒を呑んだ。父は予防法改正の動きをかなり知っていた。だが正確には伝わっていない。マスコミが流す大本営発表を鵜呑みにしていた。不届きな一部の患者が民主主義を履き違えて、身分も弁《わきま》えずに騒いで罪を重ねている。冤罪を主張する患者の刺殺事件を引き合いに出し、国民をらい病から守るために厳格な法律が作られた。と理解していた。

　教養人と世間で認められている校長でもこれだ。無理なきことかも知れぬ。俺達の力が足りなかった。

　俺は母に話したと同じように噛み砕いて真相を伝えた。

　父は俺の怒りに同調してくれた。そこで話を切り出し、美沙と公子のことを告げた。公子を父親の籍に入れる計画も話した。

　父は驚き、慌てふためいた。注ぎ掛けの徳利を応接机に戻して手の中に握り締めた。

「浩光、子供は療養所では御法度だろう……」

　自らの無知と愚かさを曝け出す壁外の常識に塗《まみ》れた言葉を吐いた。

　俺はあんたの子だぞと、どやしてやりたかった。だが俺の説明不足かも知れぬ。自重して説明を繰り返した。病気は治っていること。医学の進歩に療養所が対応できていないこと。国民の意識が昔日の如く、変化していないこと。

「父さん！　俺と一緒に闘ってくれ！」

　俺は自らの悩みを共有してくれることを願った。肩の刻印を父親自らの肩にも打つことを申し出た。

父は俺の顔を呆《ほう》けたように見詰めていた。父親としての気持ちは受け入れ可能かも知れぬ。だが教育者としての気持ちは津波に襲われたように揺らいだであろう。

俺は激しい視線を浴びせて暫く考える時間を与えた。父はその視線を何気なく外し、天井の黄色電球《おうしょく》を見遣った。

母は殴り合いでも始まりそうな俺達の成り行きを心配そうに眺めていた。

突如、庭の草叢で轡虫《くつわ》の鳴き声が上がった。耳を劈《つんざ》く声が座敷を席巻した。

俺はその鳴き声が止むのを待った。煮え切らぬ父親の態度を憎みながら。

「俺は療養所を出る。罪もない公子を立派に育てるつもりだ。成長した公子に、父さんは嫌われるぞ。教育者として世間の誹りを受けるぞ！」

俺は父の一番嫌うところに塩を摺り込んでやった。

天井に逃がしていた視線が俺の顔に向かい燃え上がった。が、言葉は何も生まれなかった。それはわかっていた。言葉は何も変えない。結果だ。心を究極まで葛藤させ、天国と地獄の間を彷徨《さまよ》わせてやる。行き着いたところで言葉を放て。

願った。自らの五十数年に渡る苦渋の生きざまを混沌とした彷徨の中に反映させて欲しいと。

「浩光！　そんな言い方は止めなさい。父さんは、いつも、お前のことを思い出しては、心配していたんだよ」

「心配して、何が変わる。俺達の苦しみは何も変わらん！」

父に向けるべき憤懣を母に叩きつけてやった。母は箸を置き、悲しい声で言った。

「父さんに、暫く時間をあげなさい……今夜は精一杯、料理を作るから、父さんと酒を死ぬほど呑んでおくれ……」

再び轡虫《くつわ》が騒々しい叫び声を上げ、俺の怒りを頓挫させた。

俺は仕方ないと思った。好きなことが言える親がいるだけでもありがたく思おうと妥協した。人の心は親といえどもわからない。まして急には変わらない。長期戦を耐えるしかないのかも知れない。苛立たしい轡虫《くつわ》の雄叫びに感謝しながら、俺は手酌で酒を煽った。

橙色の光が久し振り揃った家族の頭上で切れ切れに放たれていた。轡虫《くつわ》も重苦しい静寂を発作的に切り裂き続けた。


療養所に帰ると宿舎に事務官がやってきて、無断外泊を責めた。

俺は無視した。それでも執拗に詰り、今後不利益が掛かると脅した。俺は苛立ちを込めて帰ってくれと怒鳴った。奥の部屋で赤ん坊が泣き声を上げ、父親の危機を心配した。事務官は帰ろうとしない。慇懃な表情で事務所に来てくれと迫った。当然、拒否した。「園長は闘争中、入園者の外出制限は弾力的に運用すると理解を示した。園長と話をさせろ」と逆に迫った。すると憎々しげに舌打ちして、次回から外出許可証を貰いに来てくれ、と言い捨てて帰って行った。


暫くして母から電報が届いた。明日十三時面会に行く、との短い内容だった。

当日は灰色の雲が垂れ込めた。冷たい風が吹き、落ち遅れて葉先を丸めた紅葉《もみじ》葉が、一枚、また一枚ともげるように枝から離れていった。予定の十分前には面会所の机の前に座り、妻子共々待機した。

両親は持てるだけの荷物を両手に携えて現れた。荷物を下ろす間もなく俺は、はにかみながら美沙と公子を紹介した。母は美沙に挨拶を済ませると、胸に抱かれた孫に手を差し伸べて喜んでくれた。父も美沙に笑顔を作って向け、息子が世話になっていることに対して丁重な礼を言った。母は早速、孫を預かり、胸に抱いてあやしている。公子は利口者だった。おとなしく抱かれ、母のあやす仕草に愛嬌を示した。母は嬉しそうな顔を俺に向けた。

「いいってよ」

母は一番の心配事を一息で吹き消してくれた。胸の中で燻《くすぶ》り続けていた疑念が後ろめたさに置き換わると、父に顔を振り向けた。

「父さん、済まないね……」

父は黙って頷いた。俺は小躍りしたいぐらいだった。だが喜びを表現するのは上手ではない。父母は快く受け入れた。俺のそんな性格を心得ていたようだ。

宿舎へ寄って茶を飲むように誘っただけだった。

道端に植え込まれた木々は冬の訪れを前にして準備に余念がない。吹く風に次々と纏った枯れ葉を落としていく。地面に落ちた枯れ葉が積もり、土の中の根が凍えるのを防いでいる。

父は俺の傍らを歩きながら労った。

「六年間も……よく頑張ったなぁ……」

「連れて来られたときは、出られないものと思ったよ……」

父は寒風に耐える銀杏の木を殊更に振り返った。散り残った真っ黄色の葉が数枚、梢に縋って震えていた。

翌日、近藤に今後の計画を打ち明けた。喜んでくれたが残念がった。これから、もっと厳しい闘いが続く。自治会執行部に入ってもらい、一緒にやろうと思っていた。そんな期待を語り、惜しんでくれた。

確かに、敗北したために闘いの困難さは増大した。入園者は病気から解放され、権利意識に目覚めた。だが、精神は小宇宙に閉ざされ、収監されたままだ。その痛みは運命と諦めたときよりも増している。熱せられた鍋のトウモロコシの実と同じだ。飛び出そうとする力を強力な圧力蓋で押し留めている。自由への希求力と解放への行動力とが大きければ大きいほど、蓋に外圧を加えてくる。すると更に、それを跳ね除けようとする内力が増大するのは必定だ。

俺は近藤の遠くを見詰める禁欲的な目に出会って迷いが生じた。確かに俺は幸運だ。受け入れてくれる両親がいる。一気に蓋の透間を抜けて逃げ出すことができる。だが残る人々は……。更に俺が社会に出ても、出くわす問題は同じだ。因習的な国民の感情。改変されていない古い偏見と拒絶だ。

俺は悩んだ。同じ悩みを持つ人々と共にやるべき仕事があるのではないか……。俺だけの個人的な利益を追求すべきなのか。限定的な、しかも屈辱的な利益だ。が、公子はここでは育てられない……。

父と眺めた散り残りの銀杏の葉は、全て落ちた。根元は幾層もの黄色い葉で埋め尽くされ、陽が当たると恨みがましい輝きを放った。

父へ手紙を書いた。

熊本市内へ転勤してくれないか。そうすれば、俺は園外で仕事を探し、入園者と一緒に直面する課題にも取り組むことができる。厳しい冬を乗り越えるためには肩を寄せ合い、お互いの体温で温め合わねばならぬ。一人でも多くの闘う入園者を必要としている。病気が癒えるまでは滅び行く自らの運命的肉体と闘ってきた。病気が癒えた現在、理不尽な因習に束縛された国民的精神と闘うことを要求されている。襲い来る矛盾に対峙する自らの精神も試されている。社会に出ても同じだ。本隊の中での闘いが社会の中での闘いを援護するはずだ。またこの過程の中で自らの自立的精神が成長して行くと思う。

最後に付け加えた。嫁孫のため、俺のため、俺の我侭をきいてくれないか、と。


一週間後、返事が来た。お前の出獄祝いだ。但し、準備のため来年四月まで待て、と。


ここで裁判官が制止した。

「既に予定時間を大幅に越えています。次の原告に席を譲ってください」

浩光爺さんはまだ六年分しか話していなかった。まだ五十余年分が残っている。苦悩はまだまだ続く。詳しい裁判制度は知らないが、聞いて欲しい。

続行を訴えようとした矢先、弁護士が近寄り、小声で指示に従うよう諭した。

不満だったが証言台を去らざるを得ない。あとは次の原告に譲り、傍聴席へ移って応援した。

裁判所から出るとき、外は激しい夕立に見舞われていた。夏の光に蒼褪めていた空には黒雲が舞い降り、怒涛のように雨粒を落としている。コンクリートの表面は行き場を探す雨水でごった返している。鋼《はがね》のような雨軸が叩き付け、王冠に似た飛沫《しぶき》が跳ね返る。焼け爛《ただ》れた表面は悲鳴の如き怒りに満ち、水蒸気を立ち上《のぼ》らせていた。

浩光爺さん夫婦は弁護士が差し掛けた傘に頭だけ突っ込み、タクシーに乗り込んだ。座席に納まったときには足元はずぶ濡れとなっていた。美沙婆さんは、上着を脱いで不快な足元を気にする爺さんを労った。

「お父さん、お疲れさん……時間が足りなかったわね」

「俺達の人生、たかが一時間で話せる訳がない……」

言葉を吐き捨て背凭れに背中を寄せた。打ち付ける雨をワイパーで蹴散らしながら車は発進した。流れる雨が硝子窓を塞ぎ、街並みは滲んで屈曲している。証言した遠い思い出も、再び萎《しぼ》んで色褪せ、記憶の小箱へと納められて行く。話しそびれた忌わしい思い出達は弔われることもなく沈黙を余儀なくされた。道半ばにして倒れていった輩《ともがら》に慚愧《ざんき》の念を抱かざるを得ない。いつの日か解放されることがあるのだろうか……。

濡れた足元が体温で温められ、車が心地好く揺れ出したころ、裁判所での緊迫感から解き放たれ、浩光爺さんの目蓋は重くなっていった。そのまま目を閉じると、いつしか婆さんの肩に上半身を委ね、寝入ってしまった。

療養所に着くころには雨は上がり、黒雲は慌しく東へ移動して空の半分が青く開いた。逃げ遅れた逸れ雲が足早にあとを追っている。西空に太陽が精気を取り戻し、洗われた青い光が恨みを込め、雲を追い散らして喰らい始めた。療養所内では既に蝉達が鳴き騒ぎ、瑞々しい緑葉は煌く光を宿して丸い雫を零していた。

その夕方、美沙婆さんの制止も聞かず、浩光爺さんは多量の酒を呑んだ。だが婆さんの忠告もちゃんと聞いた。足元がふらつき、散歩は止めることにした。庭に面した畳に寝転がり、扇風機の風を裸の胸に受けて転寝《うたたね》を貪った。

電話の音で目を覚ました。まだ蜂でも飛び回っているように頭の中が騒ぎ、痛かった。風鈴の慄きに紛うこおろぎの鳴き声と共に人の声が聞こえている。

「本当かい。本当に公子かい」

浩光爺さんは頭を振った。

公子！　何のことだ。

否々、違う。また巫女の亡霊に違いない。

騙されまいと爺さんは目を閉じ、再び寝入ろうとした。

鼻を抓《つま》まれた。爺さんは痛みを訴え、手で撥《は》ね退けた。酔っ払った目に人の影が映った。

「父ちゃん、公子よ！　電話たい。早《は》よ出らんね！」

息せき切った声が耳元にした。爺さんは嘘だと思った。公子が電話してくるはずがない。既に三十年以上も音信不通だ。どこにいるのか、生きているのかさえ定かではない。亡霊の仕業か。

「うるさい！　消え失せろ、亡霊め！」

爺さんは邪険に手で払った。婆さんの顔にその手が当たり、悲鳴が上がった。すぐさま仕返しが来た。千切れんばかりに鼻が捻られた。爺さんは奇声を上げて起き上がった。

「寝惚《ねぼ》けとかんで、起きんね！　公子から電話たい！」

目に映る姿は声と一致した。美沙婆さんだ。

ようやく立ち上がって電話へ向かった。おぼつかぬ歩みを酔っ払いめという罵声が追って来た。爺さんは訳がわからず受話器を取った。

もしもしと言う声にすぐさま耳元に返答があった。

「お父さん！　公子です。御無沙汰しています……」

その声に微かな記憶があった。本当だろうか……。夢ではないのかと疑った。それでも爺さんは逃がさぬように、元気かと応答した。

「元気です……今日の夕刊に写真と名前が出ていたものだから……」

裁判が終わったあと、報告集会があった。そこに報道記者が多数来ていた。幾つものフラッシュが焚かれていた。新聞に掲載されたようだ。思いもせぬ余波があるものだ。

爺さんは今どこに居るのか尋ねた。東京だという。一度帰ってこないかと誘うと、必ず帰るとの返事があった。いつでもいいぞと喜んだ。そこで美沙婆さんと代わった。

爺さんは狐に抓まれたような気分で元の庭辺に寝転んだ。残っていた鼻の痛みを擦って散らした。

こおろぎが鳴き競い、風鈴を垂れ下げた風鈴屋のリヤカーが来たようだ。きりぎりすが一際高い音で対抗している。夜空に目を遣ると屋根の上に赤い星が一つ、滲んで見えた。

まだ酔いは醒めていない。あの声は本当に公子なのだろうか……。

目を閉じると、熊本を出て行ったときの言い尽くせぬ悔しさが思い出される。

雪が降る日だった。

「もう、こんな家、帰って来ない！」

公子は二十四歳のとき、涙を潤ませ、そんな言葉を残してハンドバック一つで出て行った。美沙は追おうとしたが、俺は腕を取って阻んだ。


予防法が成立した翌年、昭和二十九年の春、外出許可証を得て療養所を出た。熊本市郊外に転勤して来た父母の所に身を寄せた。公子は父の子供として正式に籍を入れ、俺達四人で育てた。

俺は病気を隠して、日雇いの肉体労働を始めた。週に二回は療養所へ出かけ、自治会の仕事の手伝いをした。その内、父の知り合いの会社で事務をするようになった。幸運だった。父の息子だということで信用してもらい、履歴書なしで雇ってくれた。但し、簡単な雑用をするだけの半日仕事だ。給料は安かった。それでも、感覚麻痺を起こした手足の感染症の恐怖から解放されたことは幸いだと受け入れた。更に毎日、療養所へ通うことができる。俺にとっては好都合だった。

公子は順調に育った。地元の高校を出て県庁に就職した。数年後、恋人ができたらしく、時々、家に連れて来るようになった。大学出の品の良い青年だった。

ある晩、療養所から帰って来ると美沙と公子が猫のようにいがみ合っていた。割って入ると、美沙が薬袋を目の前に翳した。

「何で今まで隠していたの！」

公子が俺を詰った。薬袋には俺の名前がペンで書かれ、療養所の名前が刷り込んである。

いつかは話さねばならないと思っていたのだが、遅かったようだ。だが俺は慌てることなく対応した。病気は治っているから心配するな、と。

「どうして、薬を飲むの？」

「胃薬だ」

冷静に答えた。公子は顔を引き攣らせたまま走り去った。今まで重要なことを隠していたので、俺の言葉を信用する訳にはいかなかったのだろう。

美沙に経緯を聞いた。美沙は困惑の表情を浮かべて話した。

出掛けて留守をしている間に彼を連れて来たらしい。腹痛を起こした彼のために、薬箱を探したが見つからなかった。二、三日前、父親が腹痛止めを飲んでいたのを思い出した。それで俺の部屋に入って机の引出しの中から薬袋を取り出して、彼に持って行った。これが効くのでは……と渡すと、袋をつくづくと眺めた。怪訝な表情を浮かべて、らい病の病院の薬はいらない、と返した。そういう話だった。

「彼はそれでどうした？」

「その件はそれで終わって……」

曖昧だった。何かあったのだろうか……。悪い予感がした。

翌朝、顔を合わせても公子は何も言わなかった。

出勤する前に言っておかねばならなかった。

「父さん達に菌はいない。当然お前もだ。心配は無用だ」

公子は更に蒼褪めて、何も語ることなく玄関を飛び出した。

確かに空しい言葉だったかも知れぬ。公子の理解を待つしかなかった。

年老いた父母は食卓に座ったまま心配そうな視線を取り留めもなく浮かせていた。

それ以来、彼が家を訪れる回数が減っていったようだ。

ある晩、公子は泣き腫らして帰ってきた。訳を尋ねても答えなかった。数日、部屋に閉じ籠り、仕事へも行かなかった。

俺は心配して公子の部屋の襖を叩いた。

誰？　と返事があり、父さんだと答えた。すると、帰ってと拒否した。

話をしたかった。何の役に立つのかは自分でもわからなかった。俺は無理やり襖を少し開けた。

蒲団の中にいた公子は半身起き上がって、来ないでと拒否した。長い髪が顔に巻き付き、疲れた目をしていた。

「………」

「………」

お互い掛ける言葉に戸惑い、ただ視線を絡ませた。

これまでの無知の安穏と、これからの真実の残酷さの狭間でもがく荒ぶれた魂が俺の目に映っていた。

そのまま、どれだけ時間が経ってからだったか……わからない。公子が俺に向けていた視線を落としたとき、指に掛けていた襖を戻した。

閉じてしまう瞬間、公子の声がした。

「何故、私を産んだの……」

掠れた涙声だった。

それは、背骨さえも打ち砕く問い掛けだった。

俺は閉じてしまうのを止《とど》まった。

どう答えよう。どんな言葉を与えよう。

暫く顔を襖に隠したまま戸惑った。

「おまえには、わからないかも知れない……母さんを愛していた……」

俺は僅かに開いた襖の隙間に真実を吹き込んだ。他の言葉は不要と思った。

中から反応はなかった。

暫く待つと、啜り泣く声が聞こえ始めた。

納得できただろうか……。それとも、更に大きな矛盾に圧し拉《ひし》がれているのだろうか……。

俺は精一杯泣かせてやろうと、残った隙間を閉じ、足音を忍ばせて階下へ降りて行った。

真実が熊蜂のように部屋を飛び回り、対峙する公子を幾度となく刺したであろう。脹れ上がった魂は痛みを堪えて痙攣したであろう。真実が毒のように身体を巡り、悶絶を繰り返したに違いない。一度侵入した毒は吐き出そうにも出ることはない。脳細胞にも組み込まれ、それまでの幻影を破壊し尽くす。真実という毒を消化吸収し、新たな細胞を再構築するしかないのだ。だが、耐えて欲しい。乗り越えて欲しい。

それから暫く経った朝、公子は家を出た。止める術はなかった。掛ける言葉もなかった。降り頻る雪の中に消える後ろ姿を、大丈夫、俺の子だと、自らを励まして見送った。

「父ちゃん、あんたの言う通りやった」

目蓋を開けると、いつの間にか、枕元に美沙婆さんが座っていた。萎びた顔に零れ落ちんばかりの笑顔が浮かんでいた。

「俺達の子たい。心配は要らん」

「証言台で何ば言うか心配しとったばってん、良かこともあるねえ……」

内輪の恥は晒すなと反対していたのも忘れて、つくづくと溜息を洩らした。

「それも、ちゃあんと考えとった」

それは嘘だった。いつも小馬鹿にされている爺さんにとって、婆さんの尊敬を勝ち取る良い機会だった。婆さんは珍しく素直に頷いた。

浩光爺さんは赤ら顔を夜空へ向けると、十字形の清明な光を放ってさんざめく赤い星を、目を細めて見詰めた。


……どんな三十年を送ったのだろうか……


その夜、網戸を透かして再び巫女は現れた。浩光爺さんの寝ている脇に袴を折って正座し、寝乱れた身体を揺すって起こした。爺さんは目を覚ますと、毛嫌うように舌打ちした。疲れているから井戸へ帰れと、吐き捨てて背中を向けた。邪険な物言いも物ともせず、親しげに腕を取る。

「今日、お礼をしておきましたが……どうでしたか」

爺さんは何のことかわからなかった。

「娘さんから電話があったでしょう？　私が天主様にお願いしたのです」

「馬鹿なこと言うな……あれは俺の努力の成果だ！」

背中を向けたまま掴まれた腕を払った。

巫女は白い袂を口許に寄せ、軽やかな笑いを洩らす。

「証言台でも私の悪口をおっしゃっていらしたけど、お信じにならないのですね」

「あたりまえだ。俺が喋らなければ、電話はなかった。ばかばかしい」

祈ればどうにかなるなら俺達の苦労はない。身体を張って闘うからこそ活路が見えてくるのだ。たまたま願《がん》を掛けたとき証言しただけ。偶然なのがわからないのか。消えてしまえ。それにしても裁判所へも出掛けて傍聴したとは……。どこまで付き纏う積もりか。疎ましい限りだ。

「せっかくの御慈悲を蔑《ないがし》ろにしてはいけません……娘さんはどうでしたか。あんなに苦労されて産まれ、お育てになった娘さん……？」

「巫女さんが有り難く拝領した予防法のお蔭で、家出してしもうたたい」

「何故……」

浩光爺さんは話したくなかった。だが巫女はしつこく説明を求めた。その執拗さに負けるように仰向けになると、渋々事情を話してやった。長い話となったが静かに聞いていた。爺さんが辛そうに語り終えると、定まらぬ視線を宙に泳がせて呟いた。

「予防法は私達を幸せにするはずだった……」

確かに巫女は信者を集めてそう言っていた。この療養所を行き場のない者達の地上の楽園にする。治療法がない時代、その考えは一つの定見だったかも知れぬ。治療が可能となった当時、それは人々の心を侮蔑する悪夢に過ぎなかった。監獄にも紛う場所を楽園にはできはしない。療養者は病気が癒え、家族の元へ帰るだろう。社会へ出て働くだろう。恋をして結婚し、子供を育てるだろう。当然の帰結を予防法は無視した。

浩光爺さんは無知の極楽に棲む亡霊に腹立ちを覚えた。

「巫女さんは騙されたつ。村田事務官に騙されたったい」

突然、爺さんは憎しみを込めて言い放った。

「………」

虚ろう目が途端に固定し、一点を穿つように尖鋭化した。突如出現したその名に隠せぬ思いがあるはずだ。根拠がない訳ではない。二人は男女の中だったことも証言の中で話した。そのため、巫女がいなくなったとき、村田のあとを追ったと思っていた。

「巫女さんが井戸に飛び込んだあと、村田は死んだ」

腹立ち紛れに慎重に秘めていた重要な事実をぶつけた。巫女が失踪して数年後、新聞に村田の消息が掲載された。村田事務官がある女と心中して死んだと。記事を見つけた自治会では因果応報だと同情の声は上がらなかったことを覚えている。何かにつけて自治会活動に介入し、時には強権を揮って妨害した。怨みを持った入園者が多かったのだ。

顔を振り向けて非難がましい視線を浴びせる巫女の、何故だという問いに答えてやった。

「女と入水した。俺は巫女さんと思っていた」

巫女は忽ち顔色を変えた。両手で顔を覆い、端正な姿勢も崩れた。衝撃が大きかったようだ。前のめりに蒲団に伏せると、小さな嗚咽を洩らして涙した。

浩光爺さんは慌てた。たとえ亡霊といえども女に泣かれると困る。それも枕元だ。美沙婆さんが目を覚ましたら、首を絞められるかも知れぬ。井戸の中で泣いて欲しい。顔を歪めて、余計なことを言ったと詫びた。だが亡霊の涙は止まらない。

「愛していたのか……」

その言葉に伏せたまま答えた。

「憎んでいました……」

爺さんには理解できぬ言葉だった。しかしそれ以上、尋ねるのは止めた。訳があるのであろう。思い出させてはならぬ。枕元で泣き続ける。一頻り泣かせて早く返した方が我が身のためだ。

巫女は暫く肩を律動させて伏せていた。ようやく収まると、姿勢を戻して泣き腫らした醜い顔を爺さんに向けた。ようやく帰ってくれるものと安堵した。

「聞いてくださいませんか……誰にも話せなかったこと……」

湿った声だ。まだ話があるという。浩光爺さんは早く帰って欲しいと祈っていた。怨み言など聞きたくはない。が、涙を浮かべたその顔を無下に拒否する訳にはいかなかった。再び泣き始めたら大変だ。肯定も否定もせずに目を閉じた。

庭では夜気が冷たくなったのか、寝忘れたこおろぎの淋しげな羽音が鳴っていた。


私は戦前、島原の寒村で生まれ育った。十二の時、らい病を患った母と私は家を追われた。辿り着くところのない遍路の旅へ出た。九州各地を物乞いしながら歩いた。生きているのを怨んで、犬と争い塵箱《ごみばこ》の食べ残しを漁った。橋の下、廃屋、神社仏閣の軒下、穴蔵を探して夜露を凌いだ。母は私が十八になった年、病状が悪化し、筑後川の橋の下で死んだ。

死ぬ間際、私の手を取り、血を吐きながら言い含めた。

「おまえは小さいころから人一倍の苦労をして成長した。それは天主様の与えた試練です。父を怨むでない。人を怨むでない……おまえの病気は必ず治る。そのときは世の恵まれない人々を助けておやり。卑しき心根の人々の迷いを解いておやり……おまえは天主様がこの世にお遣わしになったただ一人の御子なのです……」

梅雨明け間近い、小雨降る夜明け方だった。

川辺の砂を掘った。悲しみの染み込んだ襤褸布を剥ぎ取り、病に侵されて変わり果てた遺骸を大地の奥深く枯れ枝のように葬った。そのとき私はこの世の全ての悲しみを背負うことを誓った。母の遺言は本当とは思わなかった。だが、信じた。それは私の使命と自らに言い聞かせた。

母は遺言以外に何も残さなかった。それがただ一つの救いだった。捨て去ることができなかった哀れな母から解放されたのだ。手足は斑紋に侵されてはいたが、幸い顔はまだ大丈夫だった。人を騙して生きていくことを思った。

蓑虫の殻のような衣服を脱ぎ捨て、雨が襲う川に入って身を清めた。唯一残っていた清楚な服を纏った。二人がそれまで大切に持っていたみすぼらしい家財道具、生活用品の全てを土の中に埋めた。忌わしい記憶から逃げ去るように腐乱臭が漂う橋の下を去った。河原に渦巻く葉音と波音がいつまでも耳を離れなかった。それは母の遺体が砂虫に蝕まれ、私を呼ぶ声だったのかも知れない。だが私は振り返ることはなかった。

久留米の白髪神社を訪ねた。そこの神主は優しい人と思っていた。昔、物乞いに行ったとき、普通は鼻を抓んで残飯を紙に包んで放り投げるのだが、その神主だけは米や野菜、穀類を麻袋一杯、母の背中に背負わせてくれた。それで一ヶ月ほど生き延びることができた。私のこれからの人生の運をその神主に賭けてみようと思った。

何も食せずに一日中歩き、夕方近く、杉の大木に囲まれた白髪神社の鳥居を潜った。既に拝殿は薄闇に翳っていた。その前を箒で掃く若い巫女を掴まえ、神主への面会を求めた。躊躇《ためら》いはなかった。巫女は卑しい服装に蔑むような視線をくれたが、竹箒を傍らの榎の大木に立て掛けると社務所へ向かった。

神主は巫女に伴われてやってきた。巫女は私を引き合わせると、箒を取って再び掃き始めた。神主は頬を弛めて、用件を尋ねた。

「巫女様になりたくてお伺いしました」

「ほう……巫女にねえ……」

頭を深々と下げて熱意を示した。

「人手が足りない訳ではないが……給金は雀の涙にしかならないよ」

「いいのです……それより、神様に仕えて、私の零落《おちぶ》れた心を立て直そうと思っています」

神主の端正な顔が一瞬歪んだ。眉間に皺を戻すと、温和な声でその訳を聞いた。

「実は……私、半年前に両親と喧嘩して家を飛び出したのです。許婚《いいなずけ》との結婚がどうしても嫌で……それで博多の街へ出て働いていたのですが、悪い男に捉まって堕落してしまいました。このままではだめだと思い、逃げ出したのです。暫くでもいいですから、神様へのご奉仕をさせて頂けないでしょうか……」

道々考えた美しい嘘をすらすらと吐いた。同時に一歩も引かない強い意志を両目に込めていた。

神主は視線を逃れて遠くを見遣り、腕を組んだ。暫く思案したあと顔を向けた。両親が心配されているのではないかと、暗に家へ戻ることを勧めた。

「そう思います。しかし、このままの状態では親不孝になります。帰る前に、もう一度、立派な心を取り戻したいと思っています。どうか、お助けください」

人の善い神主の神の名代としての幸福感を擽《くすぐ》った。神主は困った様子で頭を掻いた。私は縋る思いでその尻込みする顔に視線を注いでいた。熱意が伝わったのか、拒否できず、暫くここで待つようにと言い残し、社務所へ戻った。神主が姿を消した開けっ放しの玄関の奥を見詰めながら、精魂込めた嘘が成就することをひたすら祈った。すぐ横では若い巫女が塵《ごみ》を掻き出すように竹箒で砂利を掻いていた。

巫女が掃除を終え、社務所へ引っ込んだあと暫くして、神主は別の巫女を伴って現れた。すぐに私をこの娘だと言って引き合わせた。

中年の巫女は抉《えぐ》るような視線で全身を嘗め回したあと、疑り深い声を発した。

「あなた、大丈夫……厳しいのよ」

「覚悟しています。給金はいりません……精一杯、神様にお仕えします」

「それなら、三ヶ月だけ面倒を見ましょう」

疑心に満ちた視線を浴びながら承諾を得た。

私の胸は小躍りした。天主様が私を見守ってくださっていることを確信した。

この幸運を突破口にして生きていく自信が湧いてきた。どんな嘘を吐いても生き抜いて見せる。

天主様は私の側にいる。そんな思いで、笑顔を浮かべ、腰まで低頭して恭順の意を示した。

その夜から物置小屋の一角を寝起き場所に指定され、食事と蒲団を与えられた。巫女の仕事のほかに、母屋の炊事洗濯、雑役、何でも言い付けられた。私は不平一つ零さず、生真面目に仕事をこなした。当然だった。三度の食事にありつけるだけでも感謝した。雨風を凌ぐ安全な場所があることだけで満足した。そのため、一見して、らい病と知れてしまう母親の死に心から感謝した。

中年巫女は奥さんだった。厳しかった。母親代わりと言い添え、愛の鞭を奮った。言い付けた用事に不行届きが少しでもあれば、できるまで指導を加えた。行儀作法が気に入らないと物陰に呼んで必ず注意を受けた。私は自分のためと思い、顔色一つ変えずに従った。そんなとき、神主はやはり優しかった。あまり怒《おこ》るなと庇ってくれることがあった。神主である前に五十代の紳士だった。

栄養が充足して、次第に体重が増え、女らしくなっていった。すると、手足の斑紋が薄くなっていく気がした。嬉しかった。このまま治るのではないかと期待するほどだった。そのため湯を使うとき一度、斑紋を軽石で血が出るまで擦ったことがあった。しかしその期待は虚しかった。血餅が剥がれて皮膚が再生すると再び赤い斑紋が浮かび上がった。

試用期間の三ヶ月は拝殿に登ることはなかった。巫女の仕事としては社務所に立って、お守り、お御籤《くじ》、縁起物を売りさばくことだった。それでも満足した。社会の一員として働くことが心に誇りを持たせてくれた。嘘で塗り固めた自らの人生を蔑むことはなかった。

真実、それは罪悪と考えた。虚偽《うそ》こそ私のこれからの人生と思った。ほんの数ヶ月前の、虫けらのように地の底を這う苦行を思い起こせば、現在の生活は極楽だった。嘘こそ私を幸せに導くものと確信した。粗末な蒲団に包まって板壁を叩く風の音に母の声を聞いた。

「おまえは天主様の子です。不幸を全て背負いなさい。いつの日か、天主様が幸せに導いてくれます」

私はその嘘に塗れた優しい教えに脅えながら、耳を塞いで涙を流した。

期限の三ヶ月が近づいたある日、奥さんが私を座敷へ呼んだ。赤い袴を折り畳んで対面に正座すると、巫女になる許しを下してくれた。三つ指を畳の上に突き、頭が擦れるほど平伏《ひれふ》して礼を言った。但し、仕事は今までと変わらない、と頭上に告げた。何の不満もなかった。追い出されることを一番心配していたのだ。姿勢をそのままに、これからも宜しくお願いします、と縋ってみせた。

社務所の空部屋を宛がわれた。畳敷きだ。生まれて初めてだった。生家でも畳に寝たことはない。私は幸せだった。嘘の威力に敬服した。そのため、巫女見習とは裏腹の、実質、家事手伝いの仕事に励んだ。奥さんはそれ以来、私を可愛がってくれた。嫁に出した娘が帰ってきたようだと言ってくれた。神主はそれを横で知らぬ顔して聞きながら、笑みを零《こぼ》していたのを覚えている。

それから一年、何も考えず、奥さんに盲従し、言い付けられた仕事に専念した。

雨がそぼ降る夜だった。奥さんは町内会の世話役として町の会合へ出かけた。窓の外で死に忘れたこおろぎが寒さに震える声を上げていた。

神主が珍しく私の部屋の襖を開けた。敷いた蒲団の側で私は繕いをしていた。綻びた下着を、針を着けたまま後ろに隠しながら、驚いた顔を向けた。神主は何も言わずに入り、後ろ手に襖を閉め、私の前に胡座をかいた。何事だろうか。私は乱れた着物の裾を直して正座した。

「大事な話がある。良く聞きなさい……ここに来てもう一年になる。そろそろ、私の手伝いをしてもらおうと思う……」

「宜しくご指導お願いします」

私は思わず笑みを浮かべて頭《こうべ》を垂れた。神主は威厳を口許に漂わせて顎を引いた。

「神様に仕えるに当たっては、一つ儀式がある……」

私は何でも受け入れるつもりでいた。神事に司ることは夢だった。人々を幸せに導くことができる。母も喜んでくれる。

「私は神様の代行者です。その私に仕えるのが巫女の仕事となる。そのためには、私の全てを知ってもらわなくてはならない。また君の全てを知っておかねばならない」

何のことかわからない。矢のような視線が私の瞳を貫き、耐えることができずに俯いた。

「わかるね……これは神聖な儀式なのです。今から執り行なおうと思う……いいね」

そう言って、硬直した私の肩に手を掛けた。

意味が理解できた。恐怖が巻き起こった。だが、拒否はできなかった。身体も抗おうにも動かなかった。頭の中は混乱した。もう一方の手も肩に掛かり、蒲団の上に押し倒されたとき、正気に戻った。

嘘を聞き入れてくれた恩人だ。これからも世話にならねばならない。決して神聖な儀式とは思わないが、自らの幸せを守らねばならない。私は即座に諦め、神主の嘘を受け入れようと思った。

「明かりを消してください。初めてなのです……」

「……」

神主は嘘だろうとは言わなかった。黙って頷いて立ち上がり、電燈の明かりを消した。私は顔を背け、断末魔のこおろぎの鳴き音《ね》を聞きながら抱かれた。

酒臭い息が止まり、弛んだ神主の肉が波打ったとき、私の嘘はこのまま生き続けるだろうと確信した。

私はすぐさま衣服を身に着けて痣《あざ》を隠し、電燈を点けた。芋虫のような肉塊が満足げに弛緩していた。暫くすると肉塊は眩しげに目を開け、起き上がった。敷布の赤い染みを認め、本当に初めてだったんだねと呟き、私の涙顔を見詰めてくれた。橙色の饐えた光が神主の顔に疾《やま》しい深い隈を作っていた。滲み出す涙は神主の姿を曖昧にし、私を更に鍛えた。

身繕いを済ませた神主は私に寄り添って腕の中に抱き、君を必ず一人前に育てるから妻には内緒にしておくれ、と哀れに縋った。

息絶えた光も届かぬ壁沿いに、背中の油も乾涸びたゴキブリが一匹、血の気をなくして這いずり回っていた。夏の素早い動きは既になく、忍び寄る死期に抗い、貪欲に獲物を追っているようだ。この部屋に同棲する唯一の命さえも、滅びて行こうとしている。影さえ奪われ、黒光を背負い箪笥の陰に姿を隠した。

翌日から神主は巫女の仕事を仕込んでくれた。礼儀、式典の進め方。太鼓の叩き方、笛の吹き方。いつも側で見守ってくれた。祝詞の上げ方を覚えると、神社の外での神事にも、私を連れて行った。だが、奥さんが留守をする夜は必ず私を抱いた。これも巫女の務めと観念して受け入れた。すると次第に神主は私の身体から離れられなくなったようだ。私がわざと拒否すると、頭を畳に擦り付けてせがんだ。何でも言うことを聞くと、哀れにも金銭まで持ってきた。

私は受け取らなかった。神主の零落《おちぶ》れた魂を精神的に縛り付けた。更に、巫女を辞める、と脅して苦しめた。顔を苦痛に歪ませて哀願させたあと、抱かせてやった。そんなとき、神主は涙を零して私の身体に平伏《ひれふ》した。抱きながら、お前は私の祭神よりも畏き神だ、と何回も手を合わせた。

　こうして神主を私の奴隷に貶《おとし》めた。巫女としての生活も安定した。性をひさぎ、手に入れる安寧だった。それでも私はよかった。いつまで続くかわからない幸せと自らに言い聞かせていた。仕事も次第に覚え、忙しいときは簡単な神事は任されるように腕が上がった。

　海の向こうで戦争が始まると、神社の仕事は忙しくなった。私は厳かな声で武運を祈る祝詞を上げ、奥さんは社務所で縁起物を売り捌《さば》き、神主はひっきりなしに拝殿の前に整列した若者の頭上を御幣で撫でて死神を追い払った。

　戦争が終わると途端に神社は物静かになった。国家の庇護から切り離され、人々はそれまでの呪縛を解かれるかのように神社へは寄り付かなくなった。すると忽ち、神主は病気を患った。気落ちしたのかも知れない。だが違った。肺癌だった。

　床に就くと一年ほどで他界した。息子が帰って来るまで、私は奥さんと二人で神社を守らねばならない。後ろ盾をなくし、更に仕事量が激減し、追い出されるかも知れないと危惧していたが、息子が継ぐまで首が繋がった。

　息子は昭和二十四年に跡を継いだ。私はそのとき既に三十二歳になっていた。

　私は思った。二十五歳になる息子を父親同様、奴隷にしようと。

　結婚ができる訳でもない。他に行く所がある訳でもない。このままここを安住の地にしようと。

　私は可能な限り息子に寄り添った。可能な限り快活に振舞った。新米の落ち度を庇ってやった。

　そのようにしてまず、信頼を獲得した。そのあと折に触れ、挑発した。日毎、好意を示した。すると心が昂ぶる様子が手に取るようにわかった。何気なく私の身体に触れるようになった。そこで私は悪辣にも後退した。更に前進するために。それまで受け入れていた触れ合いを拒否すると、父親と同じように、心乱して追ってきた。私は体《てい》よくあしらった。息子の心は屈曲した。こうなれば、私の意思は彼の心を操ることができる。あとは虜となった魂が腐乱し、奇異な色を帯びた黴が生え、狂ったような匂いを発する醗酵を待つだけとなった。

息子を捕縛する機会を気長に待った。それは父親が私を凌辱した日と同じく、奥さんの夜の外出日と決めた。

その予定日がわかった昼間、猫撫で声で息子に擦り寄り、盛んに挑発した。彼は訳がわからず、それまでの鬱積した思いを晴らすかのように、心乱して声を潤ませた。

奥さんが外出したあと、拝殿へ昇った。

取り囲んだ神木は宵闇に抱かれ、静かに眼を閉じていた。目を覚ました金色の月が淡い光を神庭に投げ掛け、神木の短い影を落としていた。私は欄干に寄って月の冷徹な光を浴び、存在を賭けた謀《はかりごと》が完遂することを祈った。懐に携えてきた横笛を取り出し、吹き始めた。冴えた音が忽ち広がり、林は安らかな眠りに就く。

暫くすると、案の定、母屋の引き戸が開いた。白衣と萌黄《もえぎ》袴を纏った息子が出て来た。石畳をさ迷い歩き、私を見つけると光を慕う蛾のように寄って来た。草履を脱いで拝殿へ昇り、回廊を歩き、私の側に立った。気付かぬ振りを装い、私は薄目を開けたまま、笛を操った。

彼は邪魔することもできずに膝を付き、欄干に胸を凭せ掛け、幻惑に彩られた月を見上げた。

月明かりが白衣に射し、皺の影は蛾の羽に似た濃淡の模様を成している。渦巻く欲望を炙《あぶ》り出すかのようだ。横顔は届かぬ思いが屈折して戦慄《わなな》いている。魂を抜かれた黒い影が回廊に落ち零れ、身動きもできずに蹲っていた。

そのまま、どれくらい時間が経っただろうか……。漂う雲が一つ現れ、月を犯した。月光に射貫かれ、笛の音に揺られ、色香に砕けた魂は、抗う術をなくして闇の中で屈服していた。唇を笛から外し、彼の肩に手を置くと、忽ちその手に縋ってきた。私は手を引いて立ち上がらせ、その胸に頬を寄せた。彼は抱き締めた。私が身体の力を抜き、笛が回廊に落ちると、私の唇を求めた。私は戸惑いを装い、顔を背けた。

「愛しています……」

暗闇の中に思いがけない言葉が噴出した。一瞬、私は本当に戸惑い、恐怖が全身を貫いた。彼は私の困惑を無視して唇を重ねた。頭が混乱した。だがすぐに、思い直した。父親も同じ言葉を口癖のように私の身体に降り掛けていた。

計画は頓挫できない。遂行せねばならない。

彼は押し倒そうとした。拒否した。私は逃れ、彼の手を引いて歩んだ。

回廊を折れ、拝殿正面の扉を開けた。

彼を誘い、扉を閉め、抱き合った。

彼は堰を切った水の迸《ほとばし》りのように求めた。だが私は身体を離して、迸《ほとばし》る勢いを一旦留めた。そして言い含めた。

「あなたは神主、私は巫女。私達は神様に仕える身です。お互いによく分かり合うことが大切。

いまからのことは神様に裏表なく仕えるための神聖な儀式なのです」

彼はその意味がわからなかったようだ。

私は結婚という言葉を振り払っておかねばならなかった。彼はただ黙って頷いた。確認すると身を委ねた。彼は闇雲《やみくも》に侵入し、ぎこちなく果てて行った。初めてのようだった。

私は魂を奪った抜け殻を下から抱き締め、これからの人生の行方に安堵した。

それ以来、仕事上は別として、彼は私に仕えた。夜毎、母親が寝静まると通って来た。彼はその度に求婚した。だがそれは私の求めるところではない。冷たく断わった。その代わり、抱き合うときは淫乱に愛し、彼の心身を堕落させて昆虫のように私の付属物とした。

ところが、私は困ることになった。次第に彼の愛は高まり、どうしても結婚したいと言い出した。承諾しないのなら、母に説得してもらうと駄々を捏《こ》ねる。本当に愛していると繰り返した。

私の計画に狂いが生じた。これが若者の直情なのだろうかと悩んだ。愛を告白されると、抑圧した魂が反応するのがわかる。身体を抜け出し、彼の心に寄り添う。馬鹿なこととわかっているが、抱き合うときぐらい本気で愛してあげようと思い出した。

そのうち身体の奥が感じ始め、彼を求めるようになってしまった。何が何だかわからぬほど快感を得るようになった。彼も満足し、お互い離れられない状態となった。私は後悔した。結末は目に見えている。喜びの裏に貼り付いた悲しみを恐れた。彼も承諾しない私に魂を裂かれた。私も手放したくはなかった。

いつの間にか、我が身を闇に舞う蛾の姿に貶《おとし》めていた。更に暗闇に張った蜘蛛の巣に捕らえられてしまっていたようだ。二匹の蛾は絡み合い、戯れ合い、力尽きるまで存在の安寧を希求して狂うように雄叫びを上げた。蜘蛛の毒牙が間近に迫っていたのはわかっていたのだが……。

その幸福と苦悩の巣から解放される日が来た。

思いもよらぬ毒蜘蛛が、巣主の蜘蛛を追い払い、銀糸の巣を破ったのだ。

鳥居の脇に桜の花が咲き誇るころだった。

突然、背広を着た二人の男が現れ、私に面会を求めた。朝の祝詞を終え、社務所に出向くと、ちょっと外へと私を連れ出した。楡の木の下で立ち止まると振り向き、名刺を差し出しながら、声を低めた。

「一度来てください」

「はあ……」

訳がわからず名刺を見ると久留米保健所の職員だった。

理由を考えた。まさかと思った。

「わかりますね！」

威圧を込めて、肩を怒らせた。

私は悟った。露見したのだ。誰かが痣《あざ》に気付いたのだ。目の前が一瞬にして白んだ。逃げ出そうという思いに駆られたが、身体が金縛りに遭って動かない。俯いたまま巨大な時間が吹き抜ける。丹精込めて育て上げた嘘が一つ一つ、春風に舞う桜の花のように散っていった。

「騒がない方がいいですよ……明後日《あさって》までに来てくれるなら、誰にも口外しません」

「……」

私は観念して首が折れたように頷き、捕縛された。罪人《つみびと》のように……。足許には散り落ちた桜の花弁《はなびら》が襤褸《ぼろ》屑のように散乱していた。

二人は、お待ちしていますと言葉を残し、立ち去った。桜木を満足げに見上げて砂利玉を踏み拉く靴音が、白んだ頭をいつまでもいたぶった。

その日はお腹が痛いと言って仕事はしなかった。否、できなかった。腸が捻れて絡み、悲鳴を上げていた。部屋に閉じ籠り、両手で肩を抱いた。巫女として世話になった十五年の日々が身体に巻き付いて私を締め上げた。恐れた日が来たのだ。振り返れば、嘘に塗れてはいたが、順風を受けた日々だった。今日まで嘘が破綻しなかったことを感謝すべきかも知れない。いつか来る受難の日が来ただけだと言い聞かせて冷静さを保とうと試みた。

誰が密告したのか疑った。結局、奥さん以外に考えは及ばなかった。激しい憎悪が込み上げるが仕方がないと思う。散々お世話になっておきながら、夫を寝取り、息子をたぶらかした罰なのかも知れない。この世の全ての悲しみを背負おうと覚悟したあの日、橋の下を抜け出した夏の日に戻っただけだ。

確かに腕に広がった痣を見咎められたことがあった。一ヶ月ほど前だ。洗濯物を畳んで奥さんの部屋へ持っていくとき、廊下で滑って転んだ。大きな物音に奥さんは障子を開けて出て来、私を抱き起こした。そのとき着物の袖が捲れ、腕が全て露出した。こんな大きな痣ができて大丈夫、と労わりの言葉を掛けてくれた。私は慌てて、大丈夫です、と袖を引き下げて隠した。それから数日経って、痣は良くなったね、と何気なく尋ねてきた。平然と、はいと答えて、そのときは何事もなく過ぎ去った。うまく騙せたと思っていたのだが……。

また大きな悲しみを背負っただけに過ぎない。

脱力した身体を畳の上に横たえたとき、彼のことを思った。奥さんの裏切りを憎むより、嘘としても優しかった彼の気持ちを慈しもうと気持ちを切り替えた。幼い日、物乞いをして軒々を彷徨《さまよ》った日々が思い出された。彼の父親に受けた恩を忘れることはできない。同じように、彼の愛は恵み深かった。荒野の乾いた風を受けて生を保つ仙人掌《さぼてん》の花に、一雫《ひとしずく》の水が落ちてくるのに似ていた。

別れねばならない。切羽詰った私は、彼を愛しているのかも知れないと疑った。それは生まれて初めての感情だった。胸の奥が焼け付き、締めつけられる思いが湧いた。呪われた運命を凌ぐ花への恩寵かも知れない。胸を抱き、張り裂ける苦悩を逃がさぬように閉じ込めた。

襖の外で声がした。

「岩墨さん、大丈夫ですか……」

事務的な彼の声だ。私は手を差し伸べて欲しかった。起き上がり、どうぞと招き入れた。

「昼飯も食べず……まだ痛い？　顔色も悪いね……」

襖を閉めて正面に座り込み、私の顔を覗き込んだ。

もう暫く横になっていれば大丈夫、と安心させた。

「悪阻《つわり》かい……」

私は笑顔を作り、首を振って否定した。

「何だ。これで結婚できると思ったのにね」

私は嬉しかった。やはり彼は密告者ではない。頭の隅を掠め飛んだ卑劣さは杞憂だった。

「突然だけど……神事に使う横笛、欲しいわ」

「どうしたんだ。そんなもの……」

「あなたを思って寂しいとき、吹こうと思って……」

「嬉しいね。先月一本新しいのを買ったから、それをあげるよ。古いのは黴臭いだろう」

そう言うと、私の肩に手を掛けて顔を寄せた。瞳の奥まで射貫くほど優しい視線を浴びせて胸に抱き、今夜持って来ると約束してくれた。

その夜、横笛を持って忍んで来た。箱に入った真新しいものだ。紫の布を解いて手にすると木肌の冷たさが掌を刺し、寂しさが込み上げた。彼を失い、この物言わぬ笛だけが残るのだろうか……。余りにも大きな喪失に戸惑いながら丁重に布を巻き、箱に仕舞った。

電燈の明かりを消した。

別れの時が迫っているのを忘れるほどに乱れた。

翌日はいつものように彼の側に侍《はべ》り、最後の勤めを果たした。奥さんも変わった風はなかった。平常通り、優しかった。その方が良かった。怨みを燃やしながら別れるより、感謝の気持ちを残して立ち去りたかった。奥さんが悪いのではない。世間の掟に従っているだけだと自らに言い聞かせた。

母の教えが再び甦った。

彼のためにもなる。

私の心の安寧も図れる。

私は天主様の子だ。

必ず幸せが待っている。

夜、横笛を携えて拝殿へ昇り、回廊に立った。桜の仄かな甘い香りが漂い、胸を傷めた。「彌野吾呂島《みのごろしま》」という古《いにしえ》の曲を奉納した。御端宜紅瑠玉比女《みはぎのくるたまひめ》が奸計に嵌《はま》り、愛する神智玖糸皇子伊梨根比子《かむちくしのみこいりねひこ》との仲を裂かれ、玄海灘に浮かぶ孤島、彌野吾呂島《みのごろしま》に流される場面を描いた曲だ。

息絶えた嘘を葬り、襲い来る真実との闘いでの武運を祈念するためだった。

星明りが頭上を照らすだけの闇は私の姿も溶かしてくれた。澄みきった笛の音に吊り灯籠だけが黒い肌を晒していた。

彼はきっと聞いてくれているだろう。ただそれだけが気持ちの支えだった。この世に魂を繋ぐ未練となっていた。

吹き込む息が乱れた。

彼には本当のことを話そうか……。

愛は耐えうるだろうか……。

森を守る梟《ふくろう》の鳴き音《ね》が闇の腸《はらわた》を揺さぶったとき、父は愛する母と娘を捨てたことを思った。忽ち妄想と変わり果てた真実は萎《しぼ》んで消え失せた。

十指が緩やかに穴を塞ぎ、唇が細い筒の表面で震える。吐き出す息は粛々として穴を貫く。吹き出る音色は益々澄み渡り、星明りの曖昧さを残した闇は千々に切り刻まれ、星さえ見えぬ揺るぎない暗黒へと再構成された。

私はこの地との永遠の離別を祝った。

その夜《よ》も彼は、笛の音に誘《おび》き出されるように忍び込んで来た。抱かれながら再び悩んだ。明日、ここを去ることを告げるべきか……。この世に私の痕跡はなくなる。私を捜して苦しむだろう。怨むだろう。だが真実を知れば、これまでの信頼と愛は消え失せるに違いない。

やはり黙する方がいい。何の利益もない。このまま騙し貫くべきだ。この不幸も肩に背負わねばならない。もう二度とないだろう愛を、感謝を込めて、裏切りの胸に抱き締めた。

窓の外が白むまで彼を放さなかった。私は鶏の鳴く声に驚いて腕を解き、彼はようやく私の身体を離れることができた。奥底にさえ残らぬ程、精を使い果たし、幸せそうに帰って行った。

私もすぐに起き上がった。彼の後ろ姿を硝子越しに見送り、急いで身繕いを済ませた。用意していた手提げ鞄を押入れから取り出すと、夜露に湿った暁闇の中へ潜り込むように身を隠した。鶏が高らかに放つ鬨《とき》の声が、いつまでも背中に纏い付いていたのを覚えている。

浩光爺さんはそれまで目を瞑ったまま胸に腕を組んで聞いていたが、目蓋をそっと開いた。巫女は端正な姿で座り、唇を噛んで視線を浮かせていた。涙を堪《こら》えているのだろうか……。それとも地の底から吹き上げるように甦る過去の重圧に刃向かっているのか。

巫女が療養所へ辿り着くまでの苦闘の半生を知った。所内で一際精気を放った下地も理解できた。人一倍重い、足に引き摺る過去があったようだ。聞きたくもなかった残りの人生の秘密にも興味が湧いた。

「ここでは村田に気に入られたんだな……あんたは器量が良かったからなぁ……」

「器量のことはわかりませんが、そうです……証言台でもおっしゃってらしたけど、親しくしておりました」

「……」

続けて巫女は、村田とのことを赤裸々に語った。爺さんは再び目を閉じて、今度は耳を欹《そばだ》てて聞き入った。

昭和二十五年、屠殺場へと送られる家畜のように貨車に詰められ、この療養所へ追い込まれた。当然、失意のどん底で巡り来る日々を忌み嫌い、彷徨《さまよ》った。行き場をなくして、天主様に縋るしかなかった。

半年ほど過ぎたころ、丘の上で朝日に祈る私に村田が近づいてきた。何を祈っているのかと聞くので、天主様の安寧を祈っていますと答えると、興味を示して根掘り葉掘り、天主様のことを尋ねた。それ以来、村田は特別に私に目を掛けてくれた。普通は手に入らない食料や衣服をこっそりと持って来てくれた。私に気があるのかと思った。常識ではあり得ぬことだ。年を聞くと四十と言う。結婚しているのかと問うと、戦前に妻をなくしたと答えた。私の人生に深い同情を示し、恵まれない入園者のために祈ってくれないかと頼んできた。それは私の希望でもあった。私はその申し出を快く受けた。すると小さな祠《ほこら》を造ってあげようと村田は礼を持って応えた。

翌年の春、療養所の林の片隅に一棟の祠が完成した。私は真新しい白木を組んだ鳥居の前で小躍りした。十八のとき、橋の下で母が遺言した言葉が、曲がりなりにも実現したのだ。痣も消えた。恩寵が私の身に舞い降りたのだ。これまでの苦労は天主様が私に課した試練だったと納得した。

私は神の子供であると改めて自らに言い聞かせた。これから、ここに押し込まれた哀れな民のために祈ることができる。苦しむ心を救ってやれる。私は嬉々として祠の前に額ずき、天主様の鎮座を寿ぐ祝詞《ことほ》を奏上した。

村田は神事に使う道具を揃えてくれた。悩み多き患者達を連れて来て、天主様への帰依を誓わせた。信者の数が二十人を超すと日ノ本霊紋教と名乗ることを勧め、園内公認宗教としてくれた。国民の休日を縁日として信者を一堂に集め、天主様の慈愛を説いた。信者に笛と太鼓を教え込み、楽士と成した。私の横笛と楽士達で雅楽を奏で、信者達の苦しみを癒した。悩みも聞いてやった。瑣末なことは村田に頼んで解決してあげた。その甲斐あって信者は瞬く間に増え、五十人を超えた。私は自らの神性に自信を持ち、絶頂の極みに立った。

……東の空、阿蘇の山並みを越えて、満月が昇った夜だったわ……

ススキが生い茂る丘に上り、思い出多き北の空を見詰めて、横笛を吹いていた。虫の音が和し、奥深い大地のうねりが私の心を浮遊させた。月の光が横顔に差し、天の恵みを慈しんだ。彼は私を忘れただろうか……。たった一つの縁《よすが》さえ、闇の中の幻影だ。

一群の風が北から吹き、髪を揺るがしたとき、後ろに物音がした。

唇を離し、振り向くと腰ほどに伸びた草叢の中から私を呼ぶ声がした。ススキを掻き分けて人が現れた。村田だった。私は驚いて村田の名を舌上に洩らした。

「美しい笛の音ですねえ……」

その日、村田は当直で園内の見回りをしていたとのことだった。暫く聴かせてもらってもいいかと断わって、草の上に座り込んだ。私はいいですよと許し、再び北方へ身体を向け、横笛に唇を当てた。

北の空へ向かって次から次へと奏でた。演奏を聴いてくれる人がいたので、少し興奮していたのかも知れぬ。村田は月光に濡れる石のように泰然として動かなかった。唇を笛から離して振り向くと、村田は顔を上げた。すばらしいと誉め称えた。私は悪い気はしなかった。私は歩み、村田の傍へ寄り、月の光を全身に浴びた。ススキの穂が銀色に照り輝き、青い闇を揺るがしていた。私は何気なく、この間《かん》のお礼を言った。

「村田さんのお蔭で菊池野の台地の恵みに浴しています。感謝の気持ちで一杯です」

村田も月の光に身体を向け、顔を晒した。笑みを洩らし満足気だった。私も村田の側に腰を下ろした。

ススキの穂が月の表面に映っていた。

村田は何も言わず、私の手を取った。感謝の気持ちがあったので我が侭を許した。そのまま暫く時間が経った。

一片の雲が渡り、月の面を蝕み隠したとき、突如、肩を抱き寄せられた。そして、好きだと言った。嘘だと思った。騙す積もりだと思った。瞬間、私も騙そうと思った。

療養所の中で村田を捕まえておくのは便利と考えた。本気にならなければいい。ただ、私の奴隷となるように誓いを立てさせねばならない。

唇を寄せたとき、顔を背けた。すると、愛していると囁いた。唇を許した。長い接吻《くちづけ》を交わした。そのあと私の身体を触り、押し倒そうとした。私は身を捩ってかわした。村田は焦って私を抱きすくめ、愛している、結婚しようと耳元で誓った。嘘に決まっている。私は本当ですねと言質を取った。本当だと優しい声を掛けたとき、身体の力を抜いて委ねた。天空を這う天の川が月の光に輝きを奪われ、闇の中でふしだらにくねっていた。

「それで、あの夜があったのか……」

浩光爺さんは井戸端の水小屋で垣間見た二人の秘め事を思い出した。追い詰められた俺が発見した光明のことだ。ある意味では巫女に感謝せねばならない。

「私達はあの夜、確かに愛し合いました」

抱かれたあと、稲藁の上に横たわった私は虚ろな視線を水瓶に投げていた。天井から水瓶の半分空いた木蓋に渡した一本の銀糸が、月の光に際立っていた。土色の水瓶の表面にはずんぐりとした糸蜘蛛の巣が数本、土間から這い上がっていた。剥がれかかった釉薬《うわぐすり》がひび割れた月の姿を写し取って、煌きを塗《まぶ》していた。

「なぁ、須賀子、頼むから堕胎《おろ》してくれ！」

その声に身体の向きを変え、村田に背を向けた。

「嫌！……産む」

私の意志をきっぱりと告げた。妊娠は三ヶ月目に入っている。

すると、肩越しに哀れな声が届いた。

「ばかを言うな。あれだけ言ったろう。産めないって、わかっているだろう……」

「そんなことない。もう痣も消えたわ。お医者さんも、菌はいないって、おっしゃったわ」

「俺はどうなる。この療養所はどうなるとおもう……滅茶苦茶だ」

確かにそうだろう。発覚すれば村田は公式の場に立てなくなる。これまで入園者に対して辛く当たってきた役人としての道義的立場は崩れ、指導はできなくなるだろう。

「知らないわよ……愛してるって、言ったじゃない」

「子供はいらない。いなくてもいいじゃないか」

私の身体を後ろから両手で揺すり、泣き出しそうな声を上げる。私は身体を反転して村田の胸に頬を埋め、優しい声で慰めた。

「私も愛しているわ……いいでしょう。もうすぐ予防法、新しくなるのでしょう」

村田は言っていた。国は治癒した者の退所は自由にするはずと。そうなればもっと楽しいことが待っている。行ったこともない遠くへ旅をしよう。

そのことを思い出し、甘えてみた。

「それはそうだが……それとこれとは別。示しがつかんだろう」

「いいじゃない。入園者と職員が幸せになるなんて、初めてのはずよ。新しい時代の象徴になるわ。お国も喜んで……きっと勲章も頂ける……」

「ばかなことというな!」

村田は声を押し殺して叱った。私は頬を膨らまして怒りを表わした。それに恐れをなしたのか、村田は話題を変えようとした。

「ところで、沢村浩光の奥さん、説得したか!?」

「一週間程前、美沙さんが来たわ。天主様のお告げを話してあげたけど……」

「天主様のお告げ!?……そうか、そうか。納得したか」

「神妙に聞いてくれたわ……少しは影響するんじゃない」

でも私は罪深かった。信頼を寄せる美沙を騙したのかも知れない。自分は産もうとしているのに、彼女にはだめだと諭した。自責の念に駆られていたのは確かだ。

「須賀子も、天主様のお告げに従ったらどうだ……愛しているなら俺の言うことを聞いてくれ」

村田は、もう一度、私を抱き寄せた。私は熱い吐息を洩らしながら告げた。

「天主様は、あなたの幸せは自分で掴みなさい、って……」

「そうさ。早く堕胎《おろ》して幸せになろう」

村田も必死で教祖である私に縋った。

抱き合うと、押し潰された稲藁が棘を立て、背中を幾つも刺した。


その年の……木枯らしが吹き始めたころだった。私は落ち葉が降り掛かる夕暮れの祠の前に座り込んでいた。この日は祝詞も疎《おろそ》かとなった。目前に鎮座する祠の姿も曖昧だ。

………私の嘘も壊れそうね………

村田の言葉だけが頼りだった。この祠も村田の尽力でできたのは確かだ。信じることなど私に相応《ふさわ》しいことではないが、今は仕方がなかった。あのとき以来、騙し合いの共生が続いたけど、彼が一枚上手《うわて》なのかも知れない……。

昨夜、私の胸で涙を流して訴えた。このままでは追放される。俺の人生は終わる。頼むから堕胎《おろ》してくれ。もうすぐ、予防法は改正され、そのときは園外へ出て二人で暮らそう。俺を信じて言うことを聞いてくれ。愛している。

私は彼の言葉を信じはしなかったが、信じようとする自らを諭すように承諾した。子供を孕んで以来、村田に対する気持ちがおかしくなっていた。父親を欲するようになった。

村田を愛おしく思うようになった。私が負けたのだ。私を騙したら、死んで化ける、と脅しをかけようと思ったが、逆に、愛してくれるあなたを愛しています、と健気に誓った。村田は更に涙を流して私の胸に縋りついて感謝した。

そして今朝、密かに病院へ呼ばれ、村田の立会いの下、堕胎の手筈を整えた。

開けて昭和二十八年、穿たれた空洞にどす黒い雨が降り込み始めた。

まず、美沙さんの出産に動揺した。産むはずの私が堕胎して一ヶ月後、堕胎するはずの美沙さんが産んで育て始めた。その事実を怨んだ。私が産めば大変な問題が起こることはわかっていたが、気持ちが許さない。下腹が手術後のように収縮した。

村田を責めた。だが、のらりくらりとかわされ、愛しているから暫く待てと、抱きすくめられるばかりだった。

村田は私の中で打ち果てると、園内の騒擾状態を嘆いた。自治会は国の指示に従わない。自由を履き違えて権利ばかり主張する。園長は自己保身に走り、国と入園者双方にその場限りのいい顔を作って見せる。我々職員の士気は落ちるばかりだ。昔が懐かしい。中央の命令だと言えば、全てが平伏《ひれふ》し、入園者達は不満があっても静かに恩寵を待っていた。

「須賀子、療養者の安寧を祈ってやってくれ……国民と療養者が秩序を維持しながら共存できるように。騒乱をもって国に刃向かっても利益にならない。国民の支持を失うだけだ。園長、職員、療養者が一丸となり、静かにお国の御沙汰を待てばよい。みんなの気持ちはきっと届くはずだ……一緒に祈ろう」

私の身体には不満と不安が渦巻いていたが、村田の信仰心の篤さと入園者を思う心に打たれ、再び立ち上がる気力を奮い立たせた。それは自らを騙す嘘とわかっていたのだが……。悲しいけれど、心奪われた魔物が、穴蔵に籠って不審の飛沫《しぶき》を上げる魂を縛り上げ、引っ立てたのだ。

三月の予防法草案の国会上程で、園内情勢は一気に緊迫度を増した。私は村田に言われるまま、争いを静めて人心の安堵を図るため信者を集めて祈った。自治会の非難は知っていた。非難され、嘲笑されればされる程、私の気持ちも昂ぶっていった。

私自身、争いは好まない。静かに祈るのが使命だ。それよりも、村田の嘘を信じた。私自身を騙した。他に私の安堵は得られない。心優しい魔物の愛ほど麗しいものは存在しなかったのだ。傷を負った魂は魔物の庇護が何よりも愛しかった。

だが、予防法が成立したあとの夏の終わり、村田は突如姿を消した。

私には短い書置きを残した。「暫く旅に出る。必ず帰って来る」。それだけだった。

私は慌てた。訳がわからなかった。人伝《ひとづて》に事務所に尋ねると退職したとのことだった。

それを聞くと、空白の前途に立ち尽くした。存在のみに意義を認める腐れた太陽が消滅した。その曳航を追うかのように白い波が一点に渦巻いて吸い込まれ、全てのものが凝縮し、潰れていくように思えた。私はその魔力に気力を振り絞って抗った。

丘に登り、風に戦《そよ》ぐススキの穂を眺めて笛を吹いた。陽は金峰の山影に沈み、西空に棚引く雲がその底を赤く焦していているころだった。か細い笛の音は吹き出る毎に風の音に絡んで砕けていった。微かな余韻も残さない。僅かな癒しも醸し出さない。何の慰めも湧いてこない。銀色の穂先が風に揺れ、無邪気に赤光を弄び、両目を銀色に塗して盲《めし》いた。

……魔物がかけた魔法が解けただけだわ……

煌びやかに見える嘘だった。私は酔い痴れ、有頂天になっていた。この壁の中で何よりも美しかった。私がそれを手放す訳はなかった。泥に塗《まみ》れた硝子玉でも磨いて偽りの魂を吹き込めば、夢無き人には希有の玉となる。夜毎懐から取り出し、崇《あが》め立て接吻《くちづけ》た。

否、私は知っていた。この嘘が完結することを。私は魔物を可能な限り利用した。醜い姿をしていたが、呪われた運命を生きるための慰めだった。犬のように纏い付かせた。豚のように奉仕させた。涙を流して縋らせた。頭《こうべ》を垂れて跪かせた。私の元へ帰ることなど、信じはしない。だが、この胸を吹き抜ける風は何だろう。戸惑うこともなく白衣の微細な網目を擦り抜け、存在しないかのように内臓を貫き、駆け抜ける。冷たくもなく温かくもない。我が胸は魔物に食い千切られ、持ち去られたのだろうか。

赤とんぼが羽《はね》に風を受け、ススキの上を流れて行く。笛の音を愛でるように飛び回る。透明な二枚羽が夕日に赤く染まったとき、私は村田の嘘を信じようと思った。いつか戻ってくる。この空洞の胸に甘えつく日が再び来る。きっと……。

その日まで心静かに待とうと決心した。

天主様の元に侍り、永遠の嘘に帰依することを誓った。

「それで……天界へ行ったのか……」

ようやく浩光爺さんは巫女が投身した訳を理解した。哀れだった。嘘に塗り固められた亡霊の不埒な人生に同情を覚えた。巫女はもう泣いてはいなかった。毅然とした表情を成している。目前に蒼茫と広がる過去の真実を睨み付けているようだ。

「でも、村田には感謝しております……収容された私に深い情けを与えてくれた、ただ一人の、壁の外の人でした」

闘うか、逃げるか……それ以外になかった予防法闘争。巫女は自らの存在の保身を賭け、闘い抜いたのかも知れない。屈曲した魂の置き所は余りにも悲しい。爺さんは手を差し伸べて、膝に置いた巫女の手を取ってやった。

弱々しい手だった。血の気が失せた、温まることの決してない冷たい感触が伝わってきた。

それから数日後の昼下がり、公子が療養所へやって来た。開け放した玄関の呼鈴《チャイム》が鳴ったとき、待ちずくめの美沙婆さんは思わず笑顔を零して応接座卓を立った。

三十年振りの我が子の影を逆光の中に見たとき、婆さんの笑顔は途絶え、挨拶言葉も飛んでしまった。心の準備はできていたのだが、余りにもの感激が老化した脳の機能を停止させたようだ。公子ですという声に我に返り、ようやく、よく来たねと挨拶ができた。顔を確かめたくて頭を左右に動かしたが、玄関に蔓延《はびこ》った弱光がもどかしく遮った。

浩光爺さんが玄関口に出て来て、早く上がれと迎え入れた。

公子は手提げ鞄《バッグ》を板間に置き、部屋に入るとすぐに畳に正座し、三つ指を突いた。

「父さん、母さん。長い間、我が侭して、ごめんなさい」

立ったままおろおろしていた二人は慌ててその場に座り込み、畳に擦り付けた頭を上げるように促した。公子は面《おもて》を上げるともう一度謝った。爺さんは笑顔を作って歓待の言葉を投げ掛けた。

「生きているだけでよか……帰って来るなんて、思いもよらんかった」

狭い部屋の応接座卓に用意した座蒲団に座るように促した。美沙婆さんは茶を淹れに立った。浩光爺さんも座卓に付いた。

小さな花模様をあしらったワンピースが細身の身体を包んでいた。短めの髪が若々しかった。爺さんはつくづくと娘の顔を眺めた。公子は恥ずかしそうだったが、顔を晒してくれた。昔と変わらない。化粧のお蔭か、肌の張りも衰えていない。苦労の影を探そうとしたが見出せない。生活の匂いがしなかった。

「苦労したろう……」

「父さん達に較べれば、たいしたことはないわよ」

よそよそしい衣裳を解いた言葉使いは爺さんの胸に深く響いた。年毎に年輪の如く積み重ねた被殻を破り、打ち解けてくれたようだ。恐縮していた顔の強張りも消えた。婆さんが冷たい麦茶を盆に載せて持って来た。暑かっただろうと労いながら、公子の前に置いた。コップの表面に着いた水滴が指の形に抜けている。そこから一滴《ひとしずく》、玉と成った水滴が蛇行して滴り零れた。

爺さんの脳裏には公子の幼いころの姿が甦っていた。おしめを替えさせられたこと。膝に抱いてミルクを飲ませながら下手な歌を歌ってやったこと。小学校で覚えてきた歌を家族の前で次々に歌ってくれたこと。今まで思い出したくなくて封印していた他愛もない記憶が怒涛のように押し寄せてきた。更に恋人に振られ、意気消沈して寝込んだ日々と諍《いさか》い……。最後は、済まないと思う苦い思い出の方が勝った。

「おまえも辛かったろう……父さん達の力が足りなかった……」

「いいえ。父さん達が私のために頑張ってくれたこと、新聞で初めて知って……でも、同じ話をあのとき話してくれても、受け入れることはできなかったかも知れない……」

確かに時間が必要だったのだろう。それも途轍《とてつ》も無い長い時間が。

あのとき公子は若かった。突如身に降り掛かった運命を確かに持て余しただろう。爺さんが初めて病気を知らされたときと同じだ。爺さんは家族、友人、故郷から切り離され、否応無しに壁の中に隔離された。だが公子は自ら家族と故郷を棄てた。否、棄てざるを得なかった。遠いところに隔離されたと同じではなかろうか……。爺さんは何も弁解せずに送り出した。背負った運命、それも理不尽な歴史的運命を自ら跳ね除けて生きることを願った。他人はどうすることもできない。肉親でもだ。与えられた土壌に根を張り、生き抜く術を勝ち取らねばならない。公子はその術を身に着けて帰ってきたようだ。涙を見せぬ溌剌とした瞳が眩しい。雪に消えた後ろ姿を思い出させる欠片《かけら》はどこにも見出せない。奪われた時間は悔しいが、これでいいと爺さんは納得した。

熊蝉が庭で鳴き出した。濁った水が波立つような唸りで始まり、次第に澄んで行く。澄みきると途端に高波のような響きを反復した。鼓膜が揺さぶられる。張り裂けるような叫びが再び濁って静まった。

「公子、東京では何をしているんだい……」

美沙婆さんが心配して尋ねた。

公子は感情の起伏を殺して語った。小さなデザイン関係の事務所で働いていること。大学に入ったばかりの光貴という名の男の子が一人いること。だが、結婚はしていないこと。

やはり、台地に深い根を張っている。爺さんは嬉しく思った。

婆さんは当然、知りたかった。

「旦那さんはいないのかい？」

「一緒に暮らしているけど、籍は入れていないの……」

「何故だい」

婆さんは聞かずとも、すぐに理解可能な質問を投げ掛けた。

「父親が側にいればいいじゃない。結婚は面倒でしょう」

婆さんは鼻息を洩らして憮然とした。納得がいかないようだ。

浩光爺さんは微笑ましく思った。やはり俺の子だ。悲しい思いをするのは懲り懲りなのだろう。

しかしそれは、浅知恵かも知れないぞと危惧したのも確かだ。

「でも、父さんの写真を新聞で見て、思ったわ……夫と子供に白状してもいいのじゃないかって」

「……」

「それで、父さん達の意見を聞こうと思って……」

話したほうがいいに決まっている。公子もそう思っているだろう。更に現在は、厚生大臣の謝罪があり、予防法も廃止されている。昔とは違う。国民の理解度も上がっている。

「旦那さんは理解してくれそうかい？」

夫は静岡の小さな村から出て来て苦学し、今は公子が勤める会社の経営者という。年は五十歳。公子より、三歳年上だ。独立する前の会社の同僚で、付き合い始めるとすぐに求婚された。しかし拒んだ。妊娠すると、どうしても結婚をと求められたが、同棲だけ許して現在に至っている。

「旦那は問題ないと思う。文句を言えば別れてやるわ。でも、息子が心配で……」

「……」

婆さんは座卓の上に置いていた手を膝に下ろしながら爺さんを見遣り、対応を催促した。

爺さんはおもむろに腕を組み、視線を庭の梅の木に巡らせる。

熊蝉の濁った声が再び流れ出した。打ち寄せる潮に似た誇らしげな金切り声へ移ると、公子も梅の木を眺めた。光に透かして見える熊蝉は腰を振り立てて一頻り激しく鳴いた。

その声が静まるのを爺さんは待った。

自ら話した方がいい。後手に回るのは対応が難しい。公子の場合がそうだった。親の苦悩を率直に語れば、一時的な衝撃はあるが、その真摯な姿勢を理解しようとするだろう。万が一、諍《いさか》いが生じようとも回復は早いはずだ。社会的歴史的状況は公子が家を出た二十数年前に比べ格段に好転している。子供を信じればいい。子供は神からの預かりものだ。成長すれば自立し、自ら事の善悪を判断する。ましてや、光貴は俺の孫だ。

熊蝉の激しかった腰の動きが収まり、叩き付ける鳴き音が濁って潮が引くと、跳ねるように梅の木を飛び立った。

「心配せんでよか。話してよかよ。真実を知れば、必ず理解する。おまえの子だろう。おまえの味方になってくれる……但し、時間は掛かるかも知れん」

「……」

公子は爺さんの楽観的な顔に瞳を凝らし、頷いた。

「まず、旦那さんを味方にしなさい。そのあとで息子に順序立てて話しなさい……」

美沙婆さんは世慣れした具体的な戦術を示した。

遠くで鳴く数多《あまた》の蝉の声が熱風に乗って入って来ていた。軒に吊るしてある色褪せた風鈴の短冊が音も立てずに揺れていた。

その夕餉は虫の音を聴きながら公子と語らった。貧しい食卓ではあったが腹も胸も満足した。公子は小さいころの思い出を次々に話してくれた。老夫婦の既に忘れ去った記憶を復活させてくれた。完全に忘れ去ったものもある。呆けてしまったことを詫びながら耳を傾けた。但し、東京での苦労には一切触れなかった。最後に公子は尋ねた。

「住んでいた家はどうしたの？」

「まだ、残っとる……但し、土地だけな。おまえが帰ってきたら、あげようと思って……実は、故郷《ふるさと》があればいつの日か、帰って来ると思ってな」

浩光爺さんは胸の奥に密封していた本能にも似た期待を初めて披瀝した。

公子が家を出たあと数年経って、父は老衰で死んだ。一周忌を済ませると、母もあとを追うように他界した。浩光爺さん夫婦はその後、療養所へ住ぃを移した。

「療養所には仕事が残っとった。まだ予防法があったけんね」

「年は取っととに、いっちょん諦めきらん……子供んごたるねぇ」

そう言って婆さんは公子に目配せした。するとすぐさま、爺さんは焼酎で赤くなった顔を婆さんに振り向けた。

「何ば言いよるか！　公子への側面支援になるけん、頑張りなっせと、けしかけたつは誰か!?」

婆さんは知らぬ顔を装い、台所へ立った。

公子は、酒のせいなのか、目を充血させて聞いていた。

その夜は狭い部屋に三つの蒲団を並べて寝た。遠い昔、公子が小学生のとき以来だ。老人二人は公子が立てる規則正しい安らかな寝息を耳にして、いつまでも寝返りを繰り返した。


浩光爺さんは、またもや、巫女に寝込みを襲われた。今夜は巫女への同情心からか、邪険にもできずに狸寝入りを決め込んだ。が巫女は許してくれなかった。身体に両手を掛けて揺すり、起きないとみるや、鼻を抓んで捻じ上げた。やる事は美沙婆さんと同じだ。爺さんは慌ててその手を跳ね除けた。

「娘さんの話を盗み聞きしました。当時、幸せそうに娘さんを抱く美沙さんを怨んで、藁人形に呪いをかけたことがあります……謝らねばと思って……」

自責の念からか声を潤ませて爺さんの腕を揺すってきた。

とんでもない巫女だ。こいつのせいで家出をしたのではないかと一瞬疑った。だが既に、だめ巫女と判明している。感情任せの一時の腹癒せだったに違いない。効き目がある訳がない。

爺さんは思い付いたことがあった。

縋り付いた手を撫でて慰めてやったあと、その手を握り安らぎを与えた。

「泣かんでよか。それは昔んことだろう……許してやるよ」

「予防法は壁の外でも、五十年間も、毒を吹いていたのですね……罪滅ぼしに、祈りたいと思います。早く国民の一人一人の認識が改まるように。公子さんの旦那さんと息子さんが、公子さんの悩みを受け入れてくれますように……」

前に依頼したときは素っ気無く拒否したが、自ら進んで協力を申し出た。

「それはありがたい……それより巫女さん。国賠訴訟に加わらんね……」

巫女は白衣の袂で目頭を押さえると、苦渋の皺をそのままに、爺さんの顔に視線を注いだ。

「巫女さんの苦労ば、弁護士や裁判官に話してくれんね……」

真顔で、巫女の泣き腫らした視線を絡め取った。二人は繋いだ視線を引き合って、暫く時間が過ぎた。

巫女は自らの視線を静かに千切り、再び袂を目許に当てた。そして惚《ほ》うけたように宙を見遣った。

「だめですわ……お話ししたいことは沢山《たくさん》ありますが……証言台には立てませんでしょう……足がないのですから……」

爺さんは緋袴の膝に乗せた巫女の手を固く握り締め、引き寄せた。

「大丈夫！　任せときなさい……出張尋問というのがある。裁判官が療養所へ出向き、原告の話ば聞いてくるったい」

巫女の顔に取り付いていた惚《ほ》うけが飛び立ち、微かな笑みが現れた。

「そうですね……私は宿舎にはいませんが、井戸の中に棲んでいます。裁判官の方に井戸端に来ていただいて、お話を聞いて頂ければ……」

「そうたい。悩める人々の苦しみを解くため、もう一度生きてみるのもよかよ……天主様に仕える巫女さんに相応《ふさわ》しか」

「母の遺言にも応えることができます」

そう言うと、啓示を受けたかのように立ち上がり、目を腫らしたまま宙を舞い始めた。苦悩の視線を吸い込むだけだった薄暗い空間が赤と白の衣裳で華やいだ。爺さんに仲間が一人増えたのは確かだが、その軽さが心許なかった。


翌日、公子は両親と連れ立って祖父母の墓参りを済ませると、東京へ帰って行った。何度も何度も名残を惜しんでタクシーに乗り込んだ。

硝子窓を下ろして最後に言い残した。

「今度は夫と光貴を一緒に連れてきます」

気丈な両目に初めて涙が潤んでいた。老夫婦はタクシーが療養所の宿舎の陰に消えるまで手を振った。だが今回は希望に満ちた離別であった。


療養所の住民の間に、林の奥の草原《くさはら》に笛の音が聞こえるという噂が広まっていた。暗くなると憂いに満ちた笛の音が虫の音に混ざって漂う、というものだ。噂好きのお喋り蝉達は木々を飛び回り、面白い尾鰭《おひれ》背鰭《せびれ》を殊更に付け、鳴き騒いだ。冷静な長老達は、あれは夏虫の空騒ぎだと否定して追い払った。

浩光爺さんは巫女の原告登録手続きを急いだ。管理部へ出かけ、入園者名簿を見せてもらった。岩墨須賀子の名を捜したが、ない。事務員に昔の名簿を倉庫から持って来てもらった。

一冊だけ残っていたと、黄色く変色し、虫に食われた糸綴じ名簿を持って来た。昭和三十年のものだ。確かにその名簿には出ている。生きていたことになる。巫女が身を投げたのは昭和二十八年のはずだ。従って、行方不明もしくは逃走ということで残っていたのだろう。いつまで籍が療養所にあったのか。

爺さんは七年間行方不明のものは民法上、死亡扱いすると聞いたことがある。だが、療養所では違う。逃走を想定して死亡確認するまで、籍があるはずと推測した。一人残らず病者が死に絶えるまで追跡するのが国家の不文律だ。ならば、何故、今はないのだろうか。

戸籍を見せてもらいたいと申し出た。何か記載されているかも知れない。だが即座に拒否された。本人、親族以外はだめということだ。結局、書類上の生死確認はできなかった。

弁護士を呼ぶことにした。療養所内にある宿泊設備に付随した会議施設を借りたいと事務所に申し出た。理由を問われ、国賠訴訟の打ち合わせだと答えると、断わられた。爺さんは何故貸してくれないのか尋ねた。

「裁判関係には使ってはいけない、との指示があります」

「何故だ!?」

「わかりません。上からの指示です」

「俺達はここが生活の場だ。裁判権は国民全てに認められている。所内の公的施設は生活に必要な建物じゃないか。公園や、公会堂と同じだ。制約される謂れはない」

「私に言われても……」

若い事務員は困惑の表情を示した。爺さんは責任者を呼ぶように要求した。

眼鏡を掛けた老齢の責任者が対応した。言うことは同じだった。本省の指示ですから私達を責めないでくださいと懇願するだけだった。爺さんは哀れを催し、矛を納めることにした。仕方なく、自らの狭くてむさ苦しい宿舎を打ち合わせの場所とした。

翌日の昼下がり、玉となった汗を顔に垂らして三人の弁護士がやって来た。事情を話して計画を打ち明けると、三人は首を傾げた。

洗濯物を取り込んで、庭から上がってきた美沙婆さんが通りすがりに捲くし立てた。

「止めとかんね！　弁護士さんは忙しいかとよ。そげな訳のわからんことで、来てもらって、気の毒っか！」

団扇《うちわ》を扇ぐ一人の弁護士が振り向いて婆さんを宥めた。

「そう言われますな……その岩墨さんは気の毒な人です。浩光さんの気持ちはわかります」

あとの二人も神妙な顔で頷いた。傍で扇風機が盛んに首を振っていた。

「済みませんなあ。半分、呆けてしまって。早く、帰ってもらいなさい！」

爺さんを睨み付け、襖を開け放した隣の部屋で洗濯物を畳み始めた。

恐縮して縮こまる爺さんに弁護士は説明した。たぶん岩墨さんは療養所を出られたのだと思います。そう判断して、国は名簿から外したのだと考えられます。外で生きているなら八十過ぎ。既に亡くなられているかも知れません。

爺さんは納得がいかない。是非今晩、古井戸に一緒に行ってくれと懇願した。婆さんが再び気炎を上げて止《や》めるよう詰った。三人の弁護士は時計を見た。まだ三時過ぎだ。陽が沈むまで四時間余りある。三人は相談した。若い女性弁護士が残り、あとの二人は帰ることになった。

西の空から黒雲が急速に広がり、目を焼くほどの陽の光が瞬く間に翳った。黒雲は青空を喰い尽くし、大気も薄墨のように黒ずんだ。蝉の声が止み、不気味に静まり返る。涼風が渡ると、土蛙が喜びの喉を鳴らす。葉々を叩く雨の音が聞こえ始めた。途端に音は増大し、太い雨軸を形成して土砂降りとなった。屋根を叩いた雨は雨樋を溢れ、直接水流となって軒を滴り落ちる。爺さんが閉めた硝子戸に大粒の雨が叩き付けた。女性弁護士は窓越しに外の様子を見ながら心配した。

「療養所に降る雨は、いつもこうですか……」

「こんなもんたい。ばってん必ず止む……暫く、待っとかんといかんがな」

小一時間程降り荒れて、雨勢はやっと衰えた。軒から並び落ちていた水流が途絶え、雫に変わった。光が差し始めると、夕立は上がった。大きな虹が架かった。蝉の雄叫びも甦った。蛙も感謝の声を上げている。逃げ遅れた西の雲が素知らぬ顔をして、夕日に赤く染まっていた。

陽が沈んで金峰の山々が青い影を残すころ、爺さんは弁護士を伴って井戸端へ出かけた。婆さんは恥の上塗りはしたくないと拒んだ。夕立に洗われた大気は澄み、東の空の星々が一際綺麗に白光を放っている。林を抜けるころには金峰の山並みは闇に呑まれていた。草原《くさはら》は星明りで僅かに紫の色を羽織っている。虫の音がいつもより喧しい。爺さんが耳を澄ますと笛の音が鳴った。

「聞こえるでしょう。あれですよ。巫女さんの……」

「あぁ、あの物悲しい音色……」

草原《くさはら》に沿った散歩道を歩み、古井戸に最短距離の場所に立ち止まった。爺さんは懐中電燈の明かりを点した。円錐状の光が夏草を照らす。まだ雨の雫が草葉に残っている。爺さんは素肌を冷やし、ズボンを濡らしながら草を掻き分けた。弁護士は怖々と後ろに従った。

笛の音が聞こえている。

井戸端に辿り着いたときには、爺さんの両腕と腰から下はびしょ濡れとなっていた。笛の音は止んだ。井戸を照らした。錆びた丸蓋の窪みに雨水が溜まっている。爺さんはレンガの割れ目を前にしゃがみ込んだ。顔を弁護士の方へ振り上げて得意げに顎を杓《しゃく》った。

「巫女さんを呼びますから、聞いててくださいよ」

弁護士は息を呑んで爺さんの後ろに屈み込んだ。

「巫女さーん！　沢村でーす」

割れ目に大声を吹き込んで、返事を待った。

巫女の声は返って来ない。爺さんはもう一度、大声を出した。結果は同じだった。だが、騒動して弁護士を連れて来ている。おめおめ引き下がる訳にはいかない。爺さんは繰り返し呼び掛ける。

弁護士は見かねてベルトを引き、帰ろうと言い出した。

「いや、どっかへ出掛けているのかも知れん」

爺さんは立ち上がり、周囲へ向かって叫び出した。四方八方、空へ向かって巫女の名を呼んだ。弁護士は、笑う訳にもいかず、一緒に叫んでやった。

何の反応もなかった。虫の集《すだ》きが闇夜に染み渡っているだけだ。だが二人は星降る闇に向かい、際限も無く呼び続けた。

そして喉が嗄れ、爺さんも諦めようと思い始めたとき、間近で一際高い音が鳴った。爺さんは笛だ！　と声を洩らし、四方に目を凝らした。

「帰って来たつかも知れん……」

もう一度、同じ笛の音が連なった。音が出る方へ光を巡らす。爺さんは雑草を掻き分けて数歩、歩み寄った。円錐形の光の中に古竹が一本、草に隠れるように立っていた。誰かが地面に立てていったみたいだ。更に近寄ると笛の音に似た小さな音が鳴っていた。爺さんを押し分けた女弁護士が光の中で蠢き、竹を地面から引き抜いた。

竹の端に唇を添えると息を吹き込んだ。掠れた高い音が洩れた。弁護士は唇を離した。

「この穴に風が吹き込んで、好い音を立てていたのかも知れませんね」

「……」

そんなはずはない。合点がいかない。でも、ここが潮時と思った。これ以上、迷惑をかけるわけにはいかぬ。爺さんは頭を掻いて悪びれた。傍で馬追い虫が嘲笑うかのように騒ぎ出した。

帰り道、忌々しいその竹を刀のように振り回し、草の雫を落とした。腹癒せに強く振ると、本当に笛の音が鳴った。弁護士はそのたび毎に忍び笑いを洩らしていた。

帰りの雑木林の小道で、気になっていた質問を弁護士にぶつけた。

「死人は国賠訴訟の原告になれるとかね」

「残念ながら、できません」

最後の望みも断たれた。悔し紛れに手にしていた古竹を藪の中へ放り投げた。嘲笑うかのように、一際高い笛の音に似た音を残した。

弁護士が帰ると、浩光爺さんは美沙婆さんからこっぴどく叱られた。当然だ。やり場のない気持ちを酒で紛らわせ、倒れるようにして蒲団に横たわった。

その夜、笛の音が聞こえて爺さんは目を覚ました。案の定、巫女が枕元に座っていた。押し付けがましい横笛の音が耳を煩わせる。腹立ち紛れに爺さんは手を伸ばし、その笛を口許から奪い取った。巫女は驚いてすぐに笛を奪い返した。

「俺は大恥を掻いた。失った信用はどうしてくれる！」

爺さんはいきり立った。だが、巫女は何の事かと平然と言葉を返した。

「今日は母の供養に久留米へ行って来ました。筑後川の橋の下で野花を摘み、埋めた砂地に供えてきました……先程、帰って来たのです」

殴り付けたい怒りが行き場を失い、荒ぶれた鼻息となった。気持ちが収まるまでと、目を閉じた。呼び掛けにも応ぜず、知らん振りを決め込んだ。

巫女は仕方なく、再び笛を吹き始めた。

水の流れを思い起こすような曲だ。野山に湧いた清水が渓流を下り、山里をせせらぎの音で満たし、次第に大河へと成長して田畑を潤していく。筑後川の情景だろうか……。母親を偲んでいるのだろうか。

夕日に染まった波静かな有明海へと水が注ぎ、長い旅が終わったとき、爺さんは自らの不手際を悔やんだ。井戸に居《い》るように指示しておけば面目は立ったはず……。巫女を責める訳にはいかない。

怒りも流れ去り、心静まると爺さんは目蓋を開けた。巫女は目を閉じて笛に熱中していた。身体を前後左右に揺らめかせ、自らも水の流れに乗っている。

「巫女さん……残念だが……弁護士が言うには、死んだ者には訴える権利がなからしか……その気にして済まんやった」

揺れる上体が止まり、指使いが止み、笛の音が尻窄《しりすぼ》みに絶えた。

唇を静かに離し、横笛を膝に置いた。

「生きているときは酷い目に遭い、死んだら苦情の一つも言えないのでしょうか」

「死人に口無し……やられ放題か……」

巫女は唇を噛み締めて宙を睨んだ。汚辱に塗れた過去ではなく、理不尽な現在に憤《いきどう》っているのか……。暫く唇を噛んで戦慄《わなな》かせたあと、思い直したかのように、再び横笛に唇を当てた。

爺さんは眠ることはできない。明け方まで目蓋を開けたまま見守り、耳を傾け続けた。


翌日、早朝から強い日差しが照りつけた。浩光爺さんは梯子《はしご》とロープを探した。友人に尋ね、事務所で探し、ようやく施設係で借り受けた。仲間の安武《やすたけ》爺さんに手伝ってもらい、古井戸へ向かった。

草原《くさはら》には昨日の雨が蒸気となって立ち昇り、暑気が溢れていた。井戸の蓋を二人で抱え持って取り除いた。懐中電燈で中を照らすと底に水が溜まっていた。

梯子を下ろした。水の貯留はさほどではない。一段目の横木が沈まない程度だ。

浩光爺さんは長靴に履き替え、腰にロープを巻き付けた。麦藁帽子の顎紐を揺らしながら安武爺さんが注意を与えた。井戸底は酸素が少ない。有毒ガスが溜まっていることもある。一分以上は留まるな。俺が時計を見ておく。ロープを引いたら一旦上がれ。

浩光爺さんは恐る恐る梯子を下りて行った。井戸底に立つと長靴が半分ほど水に浸かった。汚泥も溜まってじわりと足元が沈む。腰を曲げて懐中電燈で照らした。水を照らすと細長い生き物が蠢いていた。蛭《ひる》か。水の底に白い物があった。もしやと思い、手を伸ばして引くと簡単に取れた。茶碗の欠片《かけら》だ。ここでロープが引かれた。爺さんは慌てて梯子を駆け登った。

地表で一息入れると安武爺さんが浩光爺さんの腕を叩《はた》いた。地面に赤い虫が転がって蠢いた。血を吸って丸々と太った蛭だ。背中に冷たい恐怖が這い上がる。一瞬、蛭が這い回っているのかと疑い、安武爺さんに見てもらった。浩光爺さんは赤くなった腕を無闇に擦って怖じ気付く気持ちを奮い立たせる。

怯む訳にはいかない。もう一度、梯子を下りた。今度は素早い。井戸底の全域に素早く光を当てた。足で掻き回すと固い物に触れた。手で掴んで引き上げると頭蓋骨だった。恐ろしさに手を離そうとした。だが歯を食い縛って堪《こら》えた。掴んだまま、懐中電燈の取っ手を口に咥えて梯子を登った。

一刻も早く強張った手から離したかった。放り投げる訳にはいかぬ。井戸を出ると慌てて、頭蓋骨を草の上に立てた。ようやく掌にこばりついた恐怖を外すことができた。だが頭蓋骨はすぐに転がって横向きとなった。沈んでいた態勢に復したようだ。汚泥が詰まり、座りが悪い。泥で汚れた表面には赤い虫が這っている。眼窩から蛭が身体を出してくねっている。掌に付着した泥をズボンで拭《ぬぐ》い落とし、顔に吹き出た汗を拭いた。

安武爺さんは声も上げれず固唾を飲んで見守っていた。井戸端に突如涌き上がった緊張は重い歴史の網を被せられたようだった。その絞り上げる息苦しさを払い除けようと、頭蓋骨に釘づけられた視線をようやく引き千切った。

「俺は信じとったばい……」

「………」

浩光爺さんは良かったのか、悪かったのか判断がつかなかった。更に、この骨が巫女のものかどうかもわからない。

安武爺さんにもう一回降りることを告げると、あとは事務所に任せろ、と忠告が飛んだ。しかし、浩光爺さんは聞かなかった。もう一度、恐怖に喘ぐ痩身を奮い立たせねばならぬ。

井戸の底を掻き回した。骨はいくらでも出て来た。肝心なものが出て来ない。何度目かの下降でようやく見つけ出した。両腕に何匹もの蛭を従えて地上へ戻った。

「横笛……！」

「そうたい。横笛たい」

「誰が何ば言うたってん、あんたの言うこつば信じとったばい……」

安武爺さんは腕に食い付いた蛭を叩き落としてやりながら、褒め称えた。浩光爺さんは腰のロープを解き、汚泥が詰まった笛を頭蓋骨の前に供えてやった。

「事務所に連絡して来るばい！」

背中に声を聞き、振り返ると、既に安武爺さんは駆け出していた。

浩光爺さんは慌てて怒鳴った。

「事務所には黙っておけ……巫女さんは法律上死んでいない」

振り返った安武爺さんは眉を寄せた。浩光爺さんはこちらへ来るように手招き、頭蓋骨の前に胡座をかいた。安武爺さんも傍にしゃがみ込んだ。浩光爺さんは声を潜めた。

「巫女さんは生きている……医師の死亡確認があるまでは生きている。国は法律上、死亡を認めていない……確認するまでに国賠訴訟の原告にしてしまう。本人の意志たい」

「そうな、そげんしてやろ……あれだけ酷か仕打ちを受けたら、何か言いたかろうたい……言わせてやらんと、また化けて出るばい」

「五十年、井戸底の汚泥に埋まっとった。少し法要が遅れてんよか。希望ば叶えてやろ」

安武爺さんは立ち上がるとシャツを肌蹴《はだけ》て駆け出した。弁護士に来てもらうために連絡に走った。

焼け付くような日差しが草の上に転がる頭蓋骨を炙《あぶ》り、貼り付いた汚泥が白く乾いてささくれ立っている。眼窩を埋めた黒い泥も表面が乾いた。赤虫たちは堪《たま》らず奥に潜ったようだ。だが鼻を潰すほどの腐臭が吹き出している。

その傍で横笛は眩しい光を厭うように汚泥を被ったままだ。生き物のような木目を誇っていた木肌は、忌わしい汚辱に潰され、語り掛けることはない。並んだ穴も窒息するかのように塞がっている。既に泥の表面は熱気で焦げ始め、白く変質し始めた。

白日に晒された欺瞞的な歴史がのた打ち回り、毒付いているようだ。

……納骨堂に祭られたら、終わりたい……

浩光爺さんの肌蹴《はだけ》た胸を炎夏が襲い、肋骨を剥き出す老いさらばえた肌に夥しい汗が吹き出していた。

完

# がねが棲む故郷《ふるさと》

百姓を冷たく脅《おびや》かした糠雨《ぬかあめ》が、ようやく上がった。刈田《かりた》に蔓延した瓦斯《ガス》が、飛び立つ渡り鳥のように去って行く。菊池川を蛇行させる色づき始めた丘陵が姿を現わし、霧雲《きりぐも》が足を取られて離れていく。田圃《たんぼ》の土は黒く滑《ぬめ》り、架け干した稲の並びは潤んで黄銅色を更に深めたようだ。畦《あぜ》を成す土にはひ弱な青草が恩寵の光を欲して張り付いている。息を吹き返した鈴生《すずな》りの柿の実は、その艶やかな色を誇り始めている。天地を包《くる》んだ冬の魁《さきがけ》から解き放たれ、村は一時《ひととき》の安らぎを与えられた。甦った大地の匂いと稲の香りが溶け合って醗酵し、胸の奥まで柿色に染まっていく。

安子は宿題の手を休めて、縁側の外を眺めた。

足早に駆ける雲の切れ間に陽の光が滲んで漏れ出し、大気が明るさを増している。縁の下に隠れていた鶏が、首を前後に振って庭へ踊り出し、気ままな足跡をつけながら地面を突つき始めている。

……ようよ《ようやく》、雨が上がったつに……鶏はよかね。宿題、なかもんね………

溜息を一つ吐くと、ノートの脇に転がっていた消しゴムの欠片《かけら》を、鶏めがけて投げつけた。だが鶏に当たらず地面を転がり、小さな水溜りに没した。

その様子を見ていた雄鶏《おんどり》が抜き足差し足、水溜りへ歩み寄った。首を水面に下ろして傾げ見ている。最後に、まさかと思ったが、鶏冠《とさか》を振わせ、嘴《くちばし》を突っ込み、素早く喉を天に向けて反らした。

………あがんもんば……きっと、お腹壊すたい。やっぱ、ばかね………

罪悪感に捕われたが、同時に微かな優越感を抱いた。それが勉強せねばという意欲へ繋がったようだ。教科書の上に転がしていた鉛筆を握り、再び算数の宿題に向かった。

難しい問題に遭遇して嫌気を催し始めたころ、遠くで子供達が上げる嬌声が聞こえてきた。

稲架《はぎ》が並んだ田圃の向こうへ視線をやると、土手を駆け上がる学生服を着た子供達の姿があった。先頭の子が上で籠を翳《かざ》して声を上げている。それを追って四人の子供が両手を使い、這い上がっていく。

……富雄達んごたる……

小学六年の級友達だ。安子は遊びたいという衝動に駆られた。すぐに思い止《とど》まった。富雄とその悪友達は宿題をしたことがない。いつも先生から叱られている。ここで家を出れば彼等と同じ扱いを受ける。庭で遊ぶ鶏の姿を殊更見詰め直し、視線を座卓上へと戻した。

今日の宿題は難しかった。いくら考えてもわからない。昭《あきら》がいてくれたらいいのにと思うが、それも叶わない。

遂に、私も鶏で構わないと諦めかけたとき、母親が現われた。もんぺの上に白い割烹着をつけている。買い物籠を差し出した。

「勉強中悪かばってん、北川さんちに、届けて来てくれんね」

すぐさま鉛筆を放り投げ、教科書を閉じた。丁度良かった。小うるさい母親の用事を理由に勉強を止めることができるのだ。零《こぼ》れ落ちそうな喜びを隠し、買い物籠を受け取って部屋を出た。自転車に跨るとき母が念を押した。

「代金は百円ばい！」

昭和三十年代初頭、安子の両親は農業の傍ら、村で唯一の魚屋をしていた。そのため安子は家《うち》にいるとき、配達の手伝いもせねばならなかった。生臭い匂いは苦手だったが、届け先の家人から駄賃に菓子や飴、ときには小銭を貰えるのが楽しみだった。

ペダルを勢いよく踏むと、家畜と人の足跡、車の轍《わだち》で荒されたでこぼこ道に、車体は跳ね上がって躍った。

神社横の官舎に住む校長先生の奥さんに、新聞紙に包《くる》んだ魚を届けた。貰った大きなニッケ飴を口に咥《くわ》えて帰ってきた。店先で畳んだ百円札を広げて母親に渡すと、すぐに踵を返し、再び自転車に乗った。

「宿題は済んだつねー!?」

母の声が追って来たが、すぐに帰って来ると言い置いて振り切った。

野良道の水溜りを車輪で突っ切り、飛沫《しぶき》を撒き散らして菊池川へと急いだ。


川の下流、遥か上空、雲を背にして川風を喰った凧《たこ》が尻尾《しっぽ》を戦《そよ》がしていた。西空を席巻する、混迷した雲の合間から漏れ出る光を捉え、一筋の糸が地上へと下りているのが見える。その先は、曲がりくねった川を誘導する土手の向こう、林の中へと落ちている。

……あがん高う……誰が揚げとっとだろか……

雲に貼り付いたように動かぬ凧を眺めながら、ススキの銀色の穂先に覆われた土手の下に、安子は自転車を止めた。

足許を見ると靴と素肌に泥を含んだ水が跳ねかかっていた。肌を汚した泥水の染みを指先で落として土手を登った。

土手の上に立つと穏やかな川風が吹いていた。菊池川は泥色に濁り、水嵩を増して河原に攻め寄せている。石ころの河原を縁取るオギ葦はまだ浸かっていない。その銀白色の花穂の中に、子供達の姿が見え隠れしている。川には小舟が数隻浮かんで身体の大きな子供が櫓を操っている。

稲が実るころから初霜が降りるまでは、川蟹が山間《やまあい》の小川から菊池川へ下りてくる季節である。蟹の正式名称はモズクガニというが、この地方では古来より、敬愛を込めて山太郎ガネと呼んでいる。成虫は胴の横幅が十五センチを超え、足を広げると三十センチ以上にもなる。秋の珍味だ。この山太郎ガネを捕まえるのは子供達の仕事である。

安子もガネを捕まえたくて土手を早足で下りて行った。背丈を遥かに超すオギ葦の狭間の踏み分け道を辿り、水辺へと急ぐ。水を吸ってぬかるむ土が靴裏に纏い付き、急ぎ足を阻んだ。

沈んだ河原の石に波立つ水辺には悪童達の騒々しい声があった。丘陵が沈み込む対岸に面した深みには、小舟が一隻浮かんでいる。毬栗頭《いがぐりあたま》の中学生が二人乗っている。丁度、杪欏《へご》で編んだガネテボというガネ獲り罠を水中へ下ろしているところだった。舟は半分ひっくり返りそうに傾いている。ジャンバーを着た一人が櫓を操り、白いシャツを着たもう一人が舟から身を乗り出して慎重にガネテボを沈めていく。見守る悪童達が注意を喚起するように囃し立てている。

ガネテボが水中へ姿を没したとき、安子は川辺へ歩み寄って声をかけた。

「私もガネ獲りにかてて」

悪童達五人は振り向いた。富雄が不敵な笑みを漏らした。

「よかぞ、安子。お前も加勢しろ」

「獲れたら一匹くるんね？」

意地悪な悪童達だ。確認しておかねば安心できない。

「ああ、勿論やるたい」

富雄はオギ葦の袂に置いた竹籠へ向かって顎をしゃくった。信次に運ぶように指示すると早速歩き出した。悪童達も後ろへ従う。安子は遅れまいと富雄の傍に駆け寄った。

何処で獲るのか尋ねた。少し下流の、菊池川へ注ぐ小川の河口だという。そこに網を仕掛けると、いくらでも獲れる。両手を肩幅の長さに保ち、去年も大物を籠一杯獲ったと自慢げだ。

河原を浸して流れる水は浅かったが、歩くのは危険だ。オギ葦の群生の中を掻き分けねばならなかった。雨の雫を纏った葉が身体に絡み付き、上着と手足はぐっしょり濡れた。しかし五人は文句も言わず無言のまま、富雄のあとに従った。自らの手で大物を捕獲することを夢見ていたのだ。

ようやく辿り着いた漁場《ぎょば》は幅一米程の小さな流れだった。枯れかけた水草が両岸を埋め、山の泥を含んで黄土色に濁った水が菊池川へと注ぎ込んでいた。

最後尾の清《きよし》がオギ葦の狭間から現われると富雄は嬉々として号令をかけた。

「みんな、川に入れ！　川底ば手で探れ！」

富雄は学生服を脱ぎ棄て、ズボンの裾を太腿まで巻き上げた。濡れた靴を脱いで、川岸に腰掛け、おずおずと川の中に足を浸ける。足底が着いて岸に預けた尻を浮かして立つと、そんなに深くはなかった。膝下で水の流れが分かれている。安心したかのように他の四人も同じように水に入り、袖を捲ってガネを探し始めた。

安子も靴を脱いで川に入った。短めのスカートをたくし上げる必要はない。大小の石が足裏を滑らかに突いてきた。冷ややかな水が両足から熱を奪う。シャツの袖を肩まで捲り上げ、川底を探り始めた。黄色く濁った流れに土器の匂いと茗荷《みょうが》の香りを嗅いだ。

……本当におっとだろか………

期待と疑念が指先に交錯した。

去年は昭《あきら》と一緒にガネを獲った。昭の家の水車小屋に紛れ込んだガネを二人して捕まえた。大きなガネを初めて手にして持ち帰り、両親に自慢したことを覚えている。

両手を深みに殊更差し入れたとき、すぐ後ろに嬌声を聞いた。

「安子んパンツは白かばーい！」

振り返ると学《まなぶ》がスカートの中を覗き込んでいた。安子は慌てて突き出していた腰を立てて逃れ、スカートの裾を両手で腰に巻き付けた。

「いやらしかー！」

安子は詰って、蔑みを込めて睨みつけた。近くにいた悪餓鬼三人が卑猥な笑い声を立てた。学は目尻を垂らして悪びれた。

富雄が寄って来た。安子が言いつけると、形相を変えて学は言い訳した。

「夢中でガネば探しよったったい。よか匂いのするけん顔ば上げたら、安子んパンツが目ん前にあって……わざとじゃなかたい……」

最後は悲愴な叫びに似ていた。

富雄は脛で水を掻き分けて学へ向かい、拳骨《げんこつ》を毬栗頭《いがぐりあたま》に噛《か》ました。ボコっと鈍い音が響いた。学は顔をしかめて泣き出しそうになった。恐れをなしたあとの四人は黙ったまま事の成り行きを見守っていた。富雄が振り返ると、視線を避けるように腰を曲げ、再びガネを探し始めた。一発でよかったと、学も目頭に涙を溜めたまま漁り始めた。

富雄は安子に上がれと指示して離れて行った。

安子は溜息を漏らして岸へ上がった。

見上げると、所々の雲の切れ間に、僅かばかりの青空が覗いていた。漏れ出した心許ない薄日が大気に籠り、地上に曖昧な影を与えている。菊池川は流域の雨を集め、表土を削って、音もなくひたすらに有明海を目指して下って行く。ただ西の空には先程の凧が、相変わらず風に挑むように泳いでいた。

最上流側にいた清が、突如悲鳴を上げて、水の中にひっくり返った。それと同時に黒い物が宙に舞い、岸辺の草原《くさはら》に落ちた。近くにいた鼻垂らしの敏行が慌てて寄って行き、清の手を引いて、ずぶ濡れの身体を起こしてやる。

富雄は川岸に這い上がり、水中から飛び出した物を確認した。

「ガネだ！　山太郎たい！」

大きな歓声が上がった。

「そがんだろう！　挟まれてしもたばい」

立ち上がった清は全身から水を滴らせて岸を這い登った。

ガネを見下ろして罵声を浴びせる。

「ガネんくせ、指ば怪我させち。おまけにずぶ濡れたい！」

草の上に蹲る毛を生やしたガネの胴体を、足先で蹴って仰向けにした。

回りの悪童達は声を上げて笑った。富雄が笑いながら言った。

「お前が間抜けだけんたい」

再び笑い声が湧いた。すると清は怒って転がっていた石を拾った。そして足裏でガネの甲羅を踏み付けて動けなくすると、しゃがみ込み、鋏を石で砕き始めた。他の者はあっけに取られて止めるのも忘れた。

砕いてもぎ取った二本の鋏をオギ葦の群生の中へ放り込んだとき、ようやく安子が、もう帰って服ば替えて来んね、と狂暴な腹癒せを止《とど》めた。

濡れ鼠の清がぷんぷん怒ってオギ葦の間《はざま》に姿を消すと、ガネの存在が確認できた富雄は、河口に竹で作った網を張った。両岸を渡す網はひ弱であったが、これで十分だという。あとは間抜けな山太郎が引っ掛かるのをじっくり待てと指示した。

網に泡立つ水音に耳を傾けながら、五人は岸辺の草の上に座ってお喋りを始めた。他愛もない学校や家の話だ。安子はポケットに仕舞っていたニッケ飴を思い出し、みんなに分け与えた。

鳥の鳴き声がした。菊池川の面《おもて》に目をやると、渡って来た数十羽の鴨の群が静かに羽を休めていた。

信次が石を投げると、羽音を立て、水飛沫を散らして飛び立った。編隊を組んで悠然と飛行し、少し離れた水面に再び羽を下ろした。

川下へひとり視線を釘付けていた学が空を指差した。

「あん凧、よう揚がっとるなあ……」

「あんだけ高う揚げるとは、名人じゃなかね」

安子も相槌を打つ。飴をしゃぶりながら青鼻を垂らした敏行も同調した。

「富雄が村一番の凧上げ名人て、言うとったばってん、今日から二番たい」

「何だと!?」

富雄は中腰になって拳骨を振り上げ、敏行を脅した。腕を抑えて安子が制する。

「揚げとる人から習えばよかじゃなかね……また一番になるったい」

「よーしわかった。見て来る……お前ら、ここで網ば見張っとけ。たまには水に入って様子ば見らなんぞ!」

そう言って立ち上がり、ズボンの裾を下ろして靴を履いた。

「私も行くーく!」

安子も立ち上がった。着いて行くことにした。凧上げ名人は誰なのか一刻も早く知りたかった。また、ここにいたらスカートをはぐられそうな気がしたのも確かだ。

富雄は足手纏いになると、瞬間忌避して口許を緊張させたが、首を縦に振って肯いた。安子は遅れまいと、湿ったままの靴を慌しく履いた。

水辺のオギ葦の薮を掻き分け、踏み分け道を辿って土手に上がった。銀色の花穂に縁取られた黄土色の川を眺めながら土手を歩き、雑木林の中の小道へと踏み込んだ。凧はこの林の向こうのようだ。富雄は早足で歩いた。安子は息を切らせて後ろ姿を追いかけた。薄暗い林の中であまり離れ過ぎると、待ってー、と大声を上げて富雄の歩みを止めた。

雑木林を抜けようとするころ、樹間に子供の姿が見えた。どうもその子が凧上げ名人らしい。

富雄は立ち止まり、様子を見ながら安子が追いつくのを待った。

息を弾ませ、ようやく辿り着いた安子は富雄の指差す方向を見詰めた。学生服を着た小さな子供が凧の糸巻きを持ち、もう一方の腕を頭上に掲げて凧糸をあやしている。

「あれは……」

安子の言葉は途中で事切れた。

「そうたい。昭《あきら》たい……」

富雄もそこで生唾を呑んだ。

昭は六年生クラスの学級委員をしていたが、四月の半ばから前触れもなく学校を欠席している。先生は家庭事情だと説明していた。安子の母親は耳元に手を添えて、昭とはもう遊ぶな、と吹き込んだ。理由を問うと、かあちゃんの言うことば聞けと怒鳴り、睨みつけられた。

安子は声を潜めて富雄に言った。

「凧ん揚げ方ば習うだけだけん、よか。習いなっせ」

「ばか、とおちゃんが言いよった。汚か病気だけん近づくなて……」

「病気って、何!?」

「知らん。恐か病気が移るってたい……帰ろう」

「そがんことなか。先生が家庭の事情って言うとらした。大丈夫たい。凧揚げん名人になりとうなかとね！」

「……………」

富雄はけしかけられて渋々歩き出した。安子はその背中に隠れるように着いて行く。

雑木林を抜け出し、女郎花《おみなえし》の黄色い花が咲き乱れた草原《くさはら》に出たとき、枯葉を踏む音に気付いて昭は振り返った。二人を認めると身を斜《はす》にし、顔を強張らせて敵意を示した。そのため富雄も立ち止まり、両手に握り拳を作った。安子が富雄の背中から上半身を出して声を張り上げ、凧の揚げ方を教えて欲しいと願った。

それまで空に安定して飛んでいた凧が揺れ始めた。昭は持っていた糸巻きを地面に落とした。そして空いた左手でポケットをまさぐり、ナイフを取り出した。富雄は安子を後ろに押して一歩後退りした。安子もその背中に身を隠し、目だけ覗かせる。

ナイフの表面が光を吸い、白い輝きを籠らせている。昭は凧を見上げることもなく、右手の糸をあやしながら、凧の飛行を安定させた。瞬間顔を振り上げざまにそれを確認すると、もう一方の手に持ったナイフを宙に翻した。籠っていた光が散乱し、鋭い痩身が素肌を晒して蠢いた。

二人は目蓋を瞬《しばたた》かせた。

昭は、何を思ったのか、凧糸を切ってしまったのである。

凧は地上の抑制を解かれ、西の空へ揚がって行った。尻尾が揺れてうまく風を捉えている。灰色に澱んだ空に長い糸を引っ張りながら飛んで行った。

富雄と安子はいつまでも、迷いも見せず空高く昇って行く凧の姿を眺めていた。

沈痛な光が潜んだ雲に溶けて消え失せたとき、地上に視線を落とすと昭の姿も見出せなかった。女郎花《おみなえし》の黄色い花が戦《そよ》ぐこともなく、一面に立ち竦んでいた。


安子は不思議な体験に胸を打たれ、その場に座り込んだ。

「少し休ませて……」

富雄は頷いて、草の上へ移るように促した。安子は肝を抜かれたように立ち上がり、背の高いオオケタデの群生の袂に横たわった。淡紅色をした穂状の花が緑の葉陰から、慰めを垂れるかのように零れかかっていた。両目を閉じて深呼吸した。胸の動悸がこめかみに突き上げてくる。富雄も動揺していたのか、何も喋らず、傍らにしゃがみ込んでいた。

いつの間にか安子は束の間の眠りに落ちたようだ。

両腿《もも》のくすぐったい感覚に驚いて目を覚ました。目の中を突き刺すような紅の花穂の姿が飛込んできた。

顔を上げると、腰下に座り込んだ富雄がスカートをたくし上げて覗いていた。

安子は驚いて上体を起こし、平手で毬栗《いがぐり》頭を打った。すると富雄は悪びれもせず、両手を合わせて縋った。

「頼むけん……ちんちんば見せちくれ……」

全身に恐怖が走った。その恐怖に駆られてもう一度富雄の頬を張り、立ち上がった。すると富雄は慌てて、逃げ出す安子の片足を掴んだ。今度は大声を出して強要した。安子は束縛された片足を力任せに振り切って逃げ出した。富雄も即座に立ち上がり、あとを追う。

安子は兎の如く逃げ惑った。富雄は犬のように追い回す。安子は女郎花《おみなえし》の花を散らして逃げ回り、雑木林の中へ逃げ込んだ。富雄の呼ぶ声が大木にこだまして林に籠り、何匹もの狂犬に追跡されているかのようであった。恐怖に駆られた安子は後ろを振り返り、樹木の陰に身を隠しながら、林の奥へ奥へと逃れて行った。

昭《あきら》は村の外れにあるあばら家へ戻った。母親の痛がる足を撫でてやっていた。

敷きっぱなしの煎餅《せんべい》蒲団に伏した母ナオは、痩せこけた手を宙に伸ばし、息子の手を求めた。開け放した戸口と格子窓から入る弱々しい光が揺れ動いて仄白い皮膚に纏い付いた。昭はその頼りない手を握ってやった。

「かあちゃん。とおちゃんに手紙ば送ったばい」

「居所《いどころ》がわかったつかい？」

大きな梁を巡らす薄暗い天井に視線を向けたまま、母は心細い声を漏らした。

「ううん……雁輪《がんりん》寺の和尚さんが教えてくれたったい。雲ん上の仏さんに手紙ば届くっと、きっととおちゃんに思いが伝わるって……」

「……」

「凧に手紙ば書いて送ってきたったい」

「そうね……きっと届くどね。和尚さんが言いなはるなら……」

昭の父は庭の桜が青葉に変わるころ、都会で金を稼いでくると言って家を出た。必ず大金を持って帰るから、それまで病気の母の面倒をお前が看ろと言い残した。僅かばかりの現金と去年収穫した米が残された。昭は学校を休み、畑を耕し、臥すばかりの母親の世話をしている。

春が過ぎ、夏が過ぎ、秋も過ぎようとしている。金も米も蓄えが底を突いてきた。心配になってきた昭は和尚の言葉を信じた。

「とおちゃん、いつ帰ってきなはるかな？」

「なあに、正月にはたくさんお土産もって帰ってきなはる。心配せんでよか……」

正月と聞いて昭は不安になった。米はもう一、二週間でなくなる。排便以外には動けぬ母は気付いていない。食う量を減らして父が帰る正月までは持たせねばならない、と思った。

鶏が短い声を漏らした。視線をやると、いつの間にか、痩せた鶏が二羽、土間に入り込んで餌を探していた。戸口から斜めに差し込む微弱な光の中で黒土《くろつち》を嘴《くちばし》で小突いている。餌があるようには思えない。短く喉を絞る鳴き声は空腹を訴えているようで、昭は胸が詰まった。

「昭ちゃん。済まんばってん、雁輪寺へ行ってくれんかい」

「薬はまだあるばい」

「このごろ痛みが強うなったけん、別の薬ば貰うて来て欲しかったい」

「………」

そう言えば最近、痛みにのた打ち回る母の姿を垣間見たことがある。

精米用の水車にかかった山太郎ガネを竹籠に入れて持ち帰ったときのことだ。

半開きの戸口から苦しみに悶える声が青い炎のように漏れ出していた。何事かと恐れをなし、閉め残した木戸から中を覗き見た。薄暗く死にかけた光を混乱させ、母の黒い影が蒲団の上で狂っていた。上体を揺すりながら悲嘆の声を上げ、痛みのある足を片手で押さえ付け、もう一方の手で拳を作り、その痛みを打ち殺すかのように殴り付けていた。

昭は母の袂へ駆けつけようと思ったが、足が竦《すく》み動かなかった。逆に血の気を黒土《くろつち》に吸われたようにその場にへたり込んでしまった。いつも穏やかな母が、怒りに満ちた狂人に変貌していたのだ。痛みが遠退き、普段の母に戻るときまで待たねばならないと言い聞かせた。

病を呪い、人を呪い、世を呪い、更に運命を呪い、神を呪い、生きていることを呪う罵声が家中に蔓延し、戸口から漏れ出て昭の耳を苦しめた。ガネは籠の中で鋏を畳み、脚を折り曲げて身体に引き寄せ、盛んに泡を吹いていた。昭も身体を丸め、耳を塞いで涙を零《こぼ》した。そして狂暴な嵐が過ぎ去るのを祈るように待った。

静けさが押し寄せる波のように辺りを覆ったとき、昭はおずおずと耳に当てた手を外した。立ち上がって学生服の裾で涙を拭い、土間に足を踏み入れた。

母は薄闇の中で、汚物を拭った襤褸布のように、身体を折り畳んで臥せ、蹲《うずくま》っていた。

昭は何か声をかけねばならないという思いに駆られはしたが、虚脱感からすぐには回復できず、ただ黙って、輪郭も朧《おぼろ》な黒い塊に視線を釘付けられた。

胸に抱いた籠の中でガネが脚を伸ばし、竹の表面にざらついた音を刻んだとき、ようやく優しさを取り戻した。

何事もなかったように言葉をかけた。

「ガネがいっぱい獲れたけん、茹《ゆ》でてやるけんね」

足音を忍ばせ、土間に造られた竃《かまど》の前に座って柴に火を着けた。

燃え始めた炎を見詰め、薪をくべていると、か弱い咳が二つ、三つ背中に聞こえた。振り返ると、形をなくした塊は微動だにすることなく、済まないね、と血の気をなくした声を漏らした。それは屈曲した洞窟の奥から漏れ出る死者の呻きに似ていた。それでもその声に、正気に戻った母を見つけ、思わず涙が滲み出たことを覚えている。

母は雁輪寺への使いを催促するように、絡んだ手を上下に振った。

昭はうんうんと頷く。掌の中にある母の手が余りにも冷たくて小さく、悲しく思えた。

あの夜《よる》、毟《むし》ってやった山太郎ガネの身を美味《うま》そうに口にし、温かい汁を啜りながら、病気が治りそうだと笑顔を漏らした。昭はもしかしたらガネが病気に効くのではないかと思ったほど嬉しかった。悪夢を忘れさせる笑顔だった。

昭は母の狂気を二度と目にしたくはない。あのときの笑顔を再度見たかった。

「じゃ、かあちゃん、行って来るばい」

母の期待に自らの期待を添え、痩せ細った指を解《ほど》いて立ち上がった。

山奥の雁輪寺《がんりんじ》まで二時間はかかる。往復四時間だ。秋の陽は人を待つことはない。ぐずぐずしてはいられない。昭《あきら》は急いで家を出た。

先程まで薄日が零れていた西の空に小麦粉を練ったような分厚い雲が広がり、東へと向かっていた。

昭は野良道を辿り、雑木林の中の小道を駆け、次第に起伏のある踏み分け道へと入って行った。雁輪寺までは落ち葉に覆われた林の中の小道が続く。深沈として人を厭う空気が黄色く染まり始めた木々の間に漂っていた。橅《ぶな》や柏の巻き上がった枯葉が、風もないのに枝から離れ落ち、かそけき断末魔の音を残した。

背の低い樫の居並ぶ中に櫨《はぜ》の木が一本、鮮やかに紅葉しているのが目に入った。しなやかな細長の葉の一つ一つは身動《みじろ》ぎも忘れ、艶《あで》やかに燃えるような妖気を放っている。辺りを取り囲む強面《こわおもて》の褐色の葉々は、羨望の眼差しを寄せているようだ。

その細い幹の陰に人の姿があった。子供のようだ。

昭は慌てて立ち止まった。暫く間があった。おかっぱ頭の子供は顔だけ覗かせてこちらの様子を窺っている。警戒しているようだ。

「道に迷ったつか？」

甲高《かんだか》い声が静寂を破って木々の間に籠った。

その声に安心したのか、女の子は遁走の身構えを解いて櫨の赤い光の下に姿を現わした。

昭も歩み、恐る恐る落ち葉を踏み拉いた。

赤い斑《まだら》の影が蝶の如く身体中に散っている。

昭の警戒する猫足が再び止まった。

それは安子だったのである。

昭は息を呑み、立ち尽した。安子も不思議な思いで昭の顔を見詰めている。

互いの存在の意味がわからなかった。

絡んだ疑惑を引き千切るように安子が声を上げた。

「昭くん……」

「脅かすな！　こがんとこで何ばしよっとか。早よ、家《うち》に帰れ！」

昭はそれだけ言い捨てると、視線を逸らして俯き、歩き出した。関わり合っている暇はない。

櫨の袂を過ぎ、小道に突き出た樅の木の尖った葉を揺らして先を急ぐ。

「待って！　昭くーん！」

後方から呼び止める声がした。振り返ると安子が短いスカートを翻して駆けて来る。何の用事があるというのか。昭は立ち止まった。安子は走り寄り、五米程離れて足を止めた。そして息を切らして泣き付いた。

「家まで送って！　お願い……何でんお礼はするけん。一人じゃ帰れんとたい……」

涙を零しそうな哀訴だった。だが、そんなこと知ったことではない。僕には僕の急ぎの用がある。昭は唾を地面へ勢いよく吐き棄てて踵を返した。

安子は追ってきた。涙声で哀願している。だが距離は正確に保っている。決して追いつこうとはしなかった。昭は付き纏う安子に苛立ちを覚え、帰れと怒鳴ったが、哀れみを誘うかのように泣き出す始末だった。昭は諦めた。勝手に着いて来るなら来ればいい。知ったことではない。そう自らに言い聞かせて、足下《あしもと》の落ち葉を高く蹴り上げた。

居並ぶ鉾杉の向こうに忽然と雁輪寺の山門が現われた。空は厚い雲に覆われてしまい、その底は不気味に黒く翳《かげ》っていた。鬱蒼と聳える杉木立は緑の妖気を参道に溢れさせ、忍び寄る者の邪悪な心を緑に塗《まぶ》し、眠らせるかのようだ。鳥も獣も裁きを待つように項垂れて平伏《ひれふ》し、声も上げ得ないでいる。

昭はここに至ると常に心が昂ぶった。胸の中に刺さった苦しい棘《いばら》が抜かれるような気がするのだ。昭は懐かしい故郷へ戻るかのように駆け出した。すると、慌てた足音が後ろに従った。安子も遅れまいと追ってくる。山門に取り付いた石段を二段飛びで駆け上がる。冷たさを帯びた空気が喉に染みるほど息せき切った。安子が待ってと叫びながらあとを追ってくる。

楡の木の落ち葉が堆積する山門を潜ると、壮麗な本堂が甍《いらか》をそびらかして昭を威圧した。

ごめんなさい、と思わず叫ばざるを得なかった。

前回、和尚からきつく言われていた約束事を守れていなかったのだ。寝る前に必ず母親の痛がることろを擦ってやること。友達にどんなに辛くされようとも、情けをかけること。

昭の叫び声に本堂の障子が開いた。

黒い袈裟を着た和尚が現われ、笑顔を造って両手を広げた。

「よく来た。昭くん」

和尚は足袋のまま回廊を横切り、階段を降りて石畳に立った。昭は長い敷石を駆け、広げた黒い胸に走り込んだ。和尚は大きな手で抱きすくめた。

それから腕を解いてしゃがみ込み、目線を同じくして昭の伸び切った髪を撫で、

「約束事を守れなかったのじゃな」

と鬼瓦のような顔を造った。

昭は悪びれてこくりと頷いた。

和尚は、これからはしっかり守るのじゃ、と諭したあと、顔を元に戻し、早く上がるよう促した。

昭は振り返った。安子は生い茂った山桃の樹の陰からこちらの様子を窺っていた。指差して、友達が着いて来たことを告げた。和尚はその姿を見つけるとすぐに、こちらへ来るように声をかけた。安子は不思議な顔をして、蓑虫が殻から抜け出すように、用心深く這い出して来た。

和尚は動きを確認すると、昭の手を引いて取り付け階段を上がり、本堂の奥へと案内していく。昭が半身振り向いて手招きすると、何故か、安子も戸惑いの顔を捨て、すぐ後ろを着いて来た。

幾つもの襖を開き、畳の部屋に通された。庭には山の木々を配し、谷川の水を引き込んでいる。慎ましやかな紅葉《もみじ》の葉が赤々と色を成し、零れ落ちた数枚の葉が水の面を彩っていた。落ち着いた木々の背景を成す遠景は薄い瓦斯《ガス》に霞んでいる。それでも緑に覆われた大地には、丘陵を貫い

て曲がりくねる悠然とした菊池川が望まれた。

昭と安子が語ることもなく座っていると、明らかに顔に変形がある中年女性が饅頭を盆に載せて持って来た。寺の仕事を手伝うカルだ。応接台に盆を置くと、どうぞ召し上がれと勧めて退席した。昭は喜んで手を伸ばして一つ取り、むしゃぶりついた。これから帰り道が待っている。腹に何か入れておかねばへばってしまう。

「お前も食え」

手を出さない安子に情けをかけた。だが安子は要らないと首を振った。昭はそれ以上勧めなかった。食べないのは勝手だ。だが和尚と先程、約束した。

「帰りもきつかっぞ……何か食わんと家《うち》に帰り着かんばい！」

安子は俯いて頑なに拒否した。

和尚が茶を盆に載せて持って来た。並んで座す二人の前に座ると、湯呑をそれぞれに差し出した。

「安子ちゃんと言ったかな……大好きな饅頭を食べていないところを見ると……さっきのおばちゃんの顔が恐かったのかな……」

「………」

安子は俯いたままだ。

「病気は移らないよ。私はいつも食事を作ってもらっているけど、ご覧！……移ったりしない……」

安子は顔を上げて和尚の顔をまじまじと眺めた。

「昭も健康だ……一緒に遊びなさい」

今度は昭の横顔に視線を向け、それから嘗め回すように頭から足先まで動かした。それで、納得したのか、饅頭に手を伸ばした。

がつがつと食べ始める。よほど空腹だったのであろう。喉に詰めて噎《む》せると、慌ててお茶を口に含んだ。和尚は剃《そ》った頭を反らせて高笑いした。

庭の木々の葉が騒ぎ始めた。昭は振り返った。

「雨じゃ！……やはり降り出したか……」

眼球に厳しさを籠らせ、和尚が呟いた。昭もまずいと思った。帰りが覚束無くなる。立ち上がって縁側へ歩み、空を見上げた。黒雲がひしめき、雨粒を運んでくる。遠くに見えていた菊池川も瓦斯《ガス》の中に煙った。雨軸は次第に太くなり、葉々は小刻みに震え出した。露出した土に黒い染みが増えていく。引き込んだ水の面《おもて》に音もなく波紋が広がっていく。静かな雨模様だ。

昭は振り向いた。

「和尚さん、帰るね。かあちゃんが待っとるけん」

心配が立った。だが和尚も心配した。

「無理じゃ！　雨はこれから強くなる。それに、早目に暗くなっているから、道に迷う危険がある……明日の朝、帰るのじゃ。よいな！」

「ばってん、かあちゃんが……」

「今夜はいい。母さんもお前が危険な目に遭うのを喜ばない」

「……」

昭は渋々、縁に腰を下ろし、恨みがましく雨空を見上げた。

「私はどがんなると……」

安子が不満そうな視線を漂わせ、わがままな頬を膨らませた。

「どうしようもない。帰ったら事情をしっかり説明しなさい」

和尚はぎゅっと睨みつけた。


戸外は雨闇も加わり、瞬く間に明るさを奪われた。

カルがランプを運んで来て火を燈した。橙色の光線が応接室に温かく満ちた。昭は母親のことを気に病んで心沈んでいたが、帰宅を諦めたおませな安子と取り止めもなく話すことができ、いつの間にか和んでいた。

昭は嬉しかった。四月までは教室で、校庭で、帰り道で、昭は遊びの中心にいたのだ。

安子も昭だけは他の級友から一目置き、頼りにしていた。勉強でわからないことは昭に聞いた。困ったことがあったらまず昭に相談した。学級委員をしていた昭は信望が篤く、揉め事の調整もできた。本当はそんな昭に安子は仄かな好意を抱いていた。

隔てていた壁が取り除かれると、安子は何の躊躇《ためら》いもなくなった。昭も戸惑うほどだった。とにかく嬉しくて、それまでの屈曲した卑屈さも塵《ごみ》のように捨て去ることができた。

小さな部屋には蝋燭の火炎が眩しいほどに燃え盛っていた。

カルが夕食を運んでくるまで、安子は半年間の出来事を饒舌に話した。帰れない不安を消し去ろうとしたのかも知れない。聞き入る昭も顔を綻《ほころ》ばせて目を輝かせた。

応接台に並んだ心尽くしの精進料理を四人して食べた。それは昭にとって、久し振りの御馳走だった。更に何の蟠《わだかま》りもない会話を楽しめたことは、何よりの安らぎとなっていた。

昭は食べ終わるころ尋ねた。

「和尚さん、かあちゃんがもっと良か薬ばください、って言うとるばい」

「そうか……それが用事か」

和尚は茶を啜りながら頷いた。

「このごろ痛みが激しかごたるよ……見とると、恐かぐらい……」

和尚は湯呑を台の上へ戻すと、腕を組んで宙を見やった。カルは箸を止め、その横顔を見詰める。安子は情況が呑み込めずに三人の深刻な顔を交互に眺めた。和尚は宙に浮かせた目線を、目蓋を下ろして閉ざした。

昭は和尚の目蓋が再び開くのを、息を殺して待った。安子の不安げな視線だけが縺《もつ》れて三人に絡まっていく。

ようやく和尚の顎が静かに下り、目蓋が開いた。

「昭ちゃん……一つだけ薬がある。昔、先代の和尚が話していたものじゃが……」

和尚の鋭い視線が昭の瞳を射抜いた。昭はたじろいだが、母のことを思うと目を逸らす訳にはいかない。

「それは……河豚《ふぐ》の生血《いきち》じゃ」

昭は思わず顔を背けた。

「毒を以って毒を制す……じゃ」

身体に食らい付いた病原菌を河豚《ふぐ》毒で痺れさせる。和尚はそう説明した。但し、盃半分以上は生命を危うくする。十分に注意して使え、と言い添えた。

「…………」

昭は目を伏せたまま肯いた。

応接台の横に立てたランプの炎が、風もないのに、伏せるほどに靡《なび》いた。四つの影が畳と襖の上で大きく波打って揺らいだ。安子の両目はおぞましい話で更に混乱をきたしたが、最後に苛立ちを込めた視線を、和尚の顔に放って釘付けた。

揺れた炎が垂直に戻ると、カルがお代りは、と手を差し出して促した。だが安子は言葉も出せず、静かに首を横に振った。

「風呂が沸いたじゃろう。おカル、この子達を入れてやれ」

和尚は宙を凝視したまま、組んでいた腕を解《ほど》いて指示を与えた。

カルは手を合わせ、ごちそうさまと小さな声で食事を終えると、二人を風呂へ促した。

安子と昭は応接室に蒲団を二つ並べてもらった。ランプの火を消して二人だけとなった部屋には遊びの邪魔は入らない。更に庭の木々と石を叩く雨音に守られて、蒲団と枕を遊び道具に夜更けまでふざけ合った。

そのころ、片付け物を終えたカルが和尚の寝室を訪れた。寝入り端《ばな》の和尚はうろたえて蒲団を這い出し、枕元のランプに火を入れた。

敷き蒲団の上に胡座《あぐら》をかいて、何事かと不機嫌な顔をカルへ向けた。蒲団の傍らに畏まったカルの顔はランプの弱い光で、橙色と黒色の二色に染め上げられていた。

「和尚さま、昭ちゃんも病気のようです……」

光が照らす和尚の顔の右半分が、引き付けを起こしたように不機嫌さを増した。

「めったなことを言うでない」

「残念ですが、間違いありません……髪を洗ってやっていたとき気付いたのですが、背中に赤い斑紋が浮いておりました」

カルの不吉に隈取られた顔は歪み、憐憫の情を成した。

「……」

和尚は光に顔を背けた。剃り上げた後頭部が干し柿のように艶をなくしている。

「お薬を持たせてあげてください」

「あの子もねえ……何の罪も穢れもないはずじゃが……仏の力は及ばぬのかのう……」

顎を扱《しご》く腕にもう一方の手を載せて、和尚は障子に映った自らの影を見詰めた。

「悲しいことですが、この病気は親から子へと引き継がれます。遠い先祖の悪業を仏が呪っておるのでございましょう」

「そうは思わぬが……死ねばみんな土に帰る。罪も栄誉も一代限りじゃ……仏はそんなに了見は狭くない」

「ならば何故、こんなに重い罪を背負わねばならないのでしょう……」

「わからぬ……医学も進歩したと言う。早う良い薬がもたらされんものかのう……」

「御先祖さまの罪を許してくださいますよう、信心を深めるしかないのでしょうか……」

「……」

カルは頬に溢れ出る涙を絣《かすり》の袖で拭った。和尚は片側の顔を光の中に戻し、カルの肩に手を差し伸べた。

「あの子の斑紋は消えるかも知れん。暫く様子を見よう……薬はそのあとじゃ」

「その代わり、お数珠《じゅず》をお与えくださいませ。日毎、仏さまを敬うことをお教えくださいませ」

必死の形相を向け、カルの祈りを伝える。

和尚は戦慄《わなな》くカルの肩を擦り、慰めるようにうんうんと頷いた。薄暗い障子に映し出された二つの黒い影は真実に歯向かうように、否、仏に帰依するように項垂《うなだ》れていた。

翌朝、障子から漏れ来る薄光に、昭は爽快に目を覚ました。遠くから和尚が上げる読経が聞こえていた。

傍らの安子は蒲団から出ようともせず、身動《みじろ》ごうともしない。声をかけても返事がない。蒲団をはぐり、どうしたのかと尋ねると、肩に顔を埋めたまま何でもないと塞いでいる。昨夜の元気は何処へ行ったのだろうか。家のことが心配なのだろうか。

早く家《うち》へ帰ろう、と促して、ようやく丸めた身体を崩し始めた。

障子を開けると雨は止んでいたが、薄い霧がかかっていた。山の木々から漏れ出した緑の濃い臭いが霧に溶け込み、鼻を潤した。遠景の菊池川も望むことはできない。

湯気が立ち昇る朝餉を食べさせてもらい、二人は慌しく寺をあとにした。山門で見送る和尚は昭に黒い数珠を渡した。そして昭の頭を撫でながら別れの言葉に言い添えた。お母さんの病気が良くなるように毎日仏に祈りなさい、と。

陽が昇れば、たとえ瓦斯《ガス》が立ち込めていようと、道は判別できる。昭は霧粒に顔を弄《なぶ》られながら急いだ。食事時には一旦元気を取り戻していた安子は再び快活さを失い、思い詰めたように黙りこくって後ろを着いて行く。昭にはその意味がわからなかった。

水を含んだ枯葉に足を取られ、昭が滑った。膝を石にぶつけてズボンが破れ、膝小僧が露出した。立ち上がって掌の汚れを叩《はた》き、腰を折って、痛がる膝小僧を宥《なだ》めていると、安子が服に着いた枯葉を落としてくれた。

「昭くん、あん和尚さん達、人間じゃなかよ」

背中を叩《はた》きながら安子はとんでもないことを口走った。

昭は何のことか意味がわからなかった。無視してしゃがみ込み、悲鳴を上げる膝頭を擦り続けた。安子は昭の正面へ回り、

「夜中に見たったい、こん目で正体ばはっきり見た！」

と真剣に訴えた。昭は顔を上げて、何を見たか冷静に尋ねた。

聞いてもらいたい安子もしゃがんで、興奮気味に伝えた。

昨夜《さくや》、昭の寝息が聞こえ始めたあと、便所へ行った。場所を覚えてなくてうろうろ探していると、明かりが漏れる部屋があった。和尚の部屋と思い、尋ねようと近づいた。ところが間近まで行くと、障子に奇妙な二つの影が映り、中から話し声が聞こえてきた。立ち止まった。何を話しているのかわからなかったが、和尚とカルの声であることはわかった。しかし、驚いたのは、その影だった。四角い胴体に幾つもの細い足がついて揺れ動いていた。更に、胴体の上には大きな鋏が二つ着いていたのである。

声を上げそうになった。腰を抜かしそうになった。どうにかそれを堪えて、用も足さずに逃げ帰り、蒲団を被った。

「そいじゃ、和尚さん達は山太郎の化け物か……そがんはず、なか！　夢ば見たったい！」

「うんにゃ、夢じゃなか！　ほんなこつ《ほんとう》はガネたい。間違いなかよ」

「違う。化け物なんかじゃなか！　良か人。今まで僕らん面倒ば見てくれた、こん世でたった二人の人たい」

足の痛みも忘れて否定した。

「良か人よ。確かに良か人に違いなか……ばってん、ほんなこつ《ほんとう》は山太郎たい……」

「よかよ。ガネでん化け物でん、何でんよか。人間より良か。ずーっと良か！」

寺の主を蔑む安子に敵意を覚え、憤《いきどお》りを込めて睨みつけた。

「………」

安子は黙り込んだが、その一徹な疑いの目付きは、膝の痛みよりもっと、昭の心身を痛めつけた。頭上のクヌギの木から水滴が一つ、昭の頭へ落ちてきたとき、物怖じしない安子の視線を逃れて立ち上がった。

二人とも無口で歩いた。木々を隠して足早に山霧が動いて行く。二人の早い息遣いと湿った落ち葉を踏み締める靴音が雑木林を驚かせた。

暫く歩くと安子は昭の素早い早足に着いて行けなくなった。霧が昭の姿を隠したとき、何度も待ってよと呼び止めた。昭は立ち止まって振り返り、安子が追いつくのを待った。

里に近づくにつれ霧は上がり、見通しが良くなってきた。だが空には低い雲が垂れ込めている。折り重なる山襞を掠めて瓦斯《ガス》の塊が駆けて行く。低迷する太陽にまだ力はなく、曖昧な姿で雲間に埋もれている。

昨日《きのう》二人が出合った櫨《はぜ》の木の下で休息を取った。降り積もった落ち葉は水を含み、腰を下ろすことはできなかった。二人は櫨の幹を挟んで背中合わせに身体を凭れさせた。見上げると赤く染まった葉々は露を纏い、身動《みじろ》ぎもせずに雲の晴れ間を待っていた。

「もうすぐ着くばい……」

昭は静かに動く雲を見上げたまま、余韻を引き摺る口調で独り言のように呟いた。

「……」

安子の胸に悲しい思いが湧いてきた。

何故かわからない。否、背中から伝わって来たのかも知れないと疑った。

何故なのか理由を考えた。

しかし、すぐに止《や》めた。

どうしようもないと思った。

安子は秋の歌を口遊《くちずさ》み始めた。学校で練習している歌だ。何故だか知らないが口を突いて出てきたのだ。秋の山の寂しさを振り解こうとしているのかも知れないと思った。

微かな声だったが、その清明な声は昭の耳を潤した。

昭も覚えている。去年の秋、先生が指揮棒を振り、みんなで歌ったものだ。安子に合わせて歌いたかったが、先程の感情のしこりが邪魔をした。だが安子の歌声が少しずつ大きくなり林の中を駆け回り始めると、胸が熱くなってきた。級友の顔が思い出され、先生がオルガンを弾く姿が浮かんでくる。

清らかな声が耳元で渦巻き、林の空気を揺るがすと、昭の胸から歌が引き出された。背中から聞こえる安子の声はますます美しく聞こえた。昭の声も次第に高くなって安子に和した。力強い歌声は林の頭上へ抜け、垂れ込めた雲さえも突き抜けるようだった。

だが背中合わせの互いの目頭に涙が溢れていたことは、お互い気付きはしなかった。袖でこっそりと目頭を拭い、笑顔だけ交して再び歩き出した。

陰気な空気が籠った杉木立を抜けたときだった。目の底を焦すような光景に出くわした。黄金《こがね》色に燦然と輝く木立の中へ、辿る小道が吸い込まれていたのである。来るときにはなかったはずだ。昭は立ち止まり、息を呑んだ。魔物が棲んでいるのかと怪しんだ。尻込みする安子の手を引いて、怖々《こわごわ》と歩を進めた。

頭上を覆う黄色い葉々。地表を埋め尽くす黄色い落ち葉。それらから漏れ出した黄色い色素が樹間に満ち溢れていた。昨夜の雨がもたらした秋の恵みなのか。それとも魔物がかけた魔術なのか……。二人は頭《こうべ》を巡らしながら目を見張った。

二人の衣服と髪、そして肌も目玉も全て黄色に染まっていた。

昭の胸に豊かな安らぎが込み上げてきた。安子の胸に温かい愛おしさが湧いてきた。それは生まれて初めて味わう感情だった。全身が奥底から熱くなり、下半身が震え、大地に引き擦り込まれるようだ。否、逆に地上から浮遊するようでもある。自分自身、何が何だかわからなくなった。

黄色い光が胸を撃ち、その不思議な感情を炙《あぶ》り、更に高めていく。迸《ほとばし》る愛おしさが身体を揺らめかせ、どうしようもなくなったとき、安子は繋いだ手に縋り付いた。昭もその手を握り締めた。お互いの手を通して優しさが行き交った。身体中が熱く熅《いぶ》られる。腰の辺りが重く渦巻き始める。

やはりここは魔物の棲家だと昭は思った。安子は魔法にかかっているのだと感じた。だが昭は、苦悩が取りつきいたぶる過去から解放されて、優しさに浸っていた。安子は掴んだ優しさに溺れ、未来の夢に心奪われていた。二人とも、この豊穣な秋の恵みにいつまでも包まれんことを祈り、前へ進むことを躊躇《ためら》った。


道が平坦になり里が近づいてきた。遠くから微かな人の声が羽音のように伝わってくる。実を抜き取った毬《いが》の散乱する栗林を抜け、緑葉を蓄えた樫の大樹の傍を通り過ぎたときだった。

「この野郎！」

罵声と共に大樹の成す薄闇の中から大人達が五、六人、飛び出してきた。手に手に凶器を振り翳している。

恐れをなして立ち止まった昭の陰に安子は身を隠した。

「安子ば放せ！」

取り囲んだ消防団の一人が叫んで、振り翳した竹の棒を昭の肩に振り下ろした。昭は悲鳴を上げ、その場に崩れ落ちた。大人達は駆け寄り、安子を引き離し、抗う昭に縄を打った。そして泣き叫ぶ昭を小突き、落ち葉の上に転がした。

安子も驚愕のあまり大声で泣き始めた。同時に大人達の腕を振り払って蹲った昭の元へ駆け寄った。

「酷《ひど》かこつは止めてください！　何で昭くんに酷《ひど》かこつばすっとですか！」

涙ながらに訴えた。鉈《なた》を後ろ手に隠し、ＰＴＡ会長が安子に近づき問い詰めた。

「安子ちゃんばさらったっだろ!?　一晩中、連れ回したっだろ!?」

安子は涙で崩れた顔を横に振った。

「迷子になって、昭くんに助けてもろた。そうじゃなかったら今頃、山ん中ばさ迷っていました。昭くんは命の恩人です！」

大人達は顔を見合わせて驚いた。ＰＴＡ会長が膝を屈めて目線を同じにし、声を和らげて同意を求める。

「富雄が、安子ちゃんは昭にさらわれたと言っとたぞ。そうじゃなかとか!?」

「まあ!!　嘘、富雄が嘘ば吐いたとです！　昭くんの縄ば解いてあげてください」

捜索隊は興奮気味の安子を取り囲んで話を聞いた。その脇で縄の端を握っていた消防団員が、落ち葉の中に転がした昭を縛る戒めの縄を解《ほど》き始めた。

昭は縄が解かれると、付着した枯葉を撒き散らして手負いの獣の如く走り出した。捜索隊への話を中断して、安子は待ってと叫んだが、昭は振り返ることはなかった。大人もあとを追うことはしなかった。

昭が我が家に辿り着くと、畑は踏み荒らされ、家《うち》の中も滅茶苦茶に荒されていた。母ナオは暗い板張りに蒲団を被って臥していた。慌てて蒲団を捲り、声をかけた。すると母は拒絶するかのような奇声を上げて蒲団にしがみついた。止《や》めてくれと身体を丸める母に、昭たい、と耳元で大声を上げると、ようやく顔を振り向けた。息子とわかると、起き上がって昭を抱き締めた。

「大丈夫やったね……心配しとったよ」

「大丈夫たい……かあちゃん、あんやつ達から酷《ひど》か目にあわされんやったね？」

「村ん連中は鬼たい！」

母はそう言うと、昭を胸に抱いたまま震える声で昨夜の出来事を語った。

夜遅く村人が大勢で踏み込んできた。お前の息子が娘を誘拐した。隠れているところを言え、と騒いだ。土足で家中を捜し、いないとわかるや、今度は行き先を教えろと怒鳴り散らした。雁輪寺だと答えると、そんな寺、聞いたことがない。嘘を言うなと小突き回した。暫く家の周りも捜していたようだが、見つけることができず、諦めて出て行った。最後に、娘に危害が加わっていたら、お前も一緒に叩きのめしてやる、と捨て台詞《せりふ》を残した。

「そいで今まで、恐ろしゅうて生きた心地がせんだったとよ……」

「誘拐とかしとらん……逆に助けてやったったい。昔、友達だった富雄が僕ば悪者にしたったい」

「そがんだろ……昭ちゃんはそがん悪かこつはせんて、かあちゃん、信じとった」

母は昭をもう一度抱き締めた。しかし、その力はか弱く、昭がしがみつくと倒れそうであった。

母が流す涙が落ちかかり昭の頬も濡らした。

その生温かさが乾いた肌を宥め、昭の胸に深い感謝の気持ちが止めど無く湧いていた。

部屋の片付けは後回しにした。母に何か食べさせなければならない。昨夜から何も食べていないはずだ。土間にひっくり返った鍋を竈《かまど》にかけ、柄杓《ひしゃく》を探して水甕《みずかめ》から水を汲み、散乱した柴を集めて火を着けた。倒された叺《かます》から飛び散った薩摩芋を拾った。踏み荒された畑から折れた大根と踏み付けられた葱《ねぎ》を持ち帰った。荒された水車小屋へ行って網にかかった山太郎を籠に入れてきた。それらを洗い、切り刻んだ。干魚《ほしうお》を鍋に放り込み、切った野菜を入れ、ぶつ切りにしたガネを最後に入れる。沸騰したのを確かめて味噌で味をつけた。

母は珍しく蒲団から起き上がり、足を擦りながら食事ができるのを待っていた。腹が空《す》いて堪らないのだろう。時折、激しい咳を繰り返し、その度《たび》に布を口に当てて痰を吐いていた。昭はその都度、急《せ》かされているようで、鍋の芋を取り出しては齧《かじ》ってみた。

銀針のような初霜を塗《まぶ》して畑の土が白く朝日に輝いた日だった。納屋の横に聳え立つ銀杏の大木は葉を黄色く染め上げ、発する精臭で辺りの空気は噎《む》せ返っていた。

母は冷え込みが災いするのか、痛みが次第に強まり、一日中声を上げるようになっている。更に咳き込みも酷《ひど》くなり、高熱にもうなされる。病魔に冒される母の姿は、数日前から昭の胸を締め上げていた。

昨夜は一晩中、手拭いを絞って頭を冷やし、手足を擦ってやった。明け方、昭は眠気に抗いながら尋ねた。

「かあちゃん、和尚さんの言う薬ば使ってみるね」

「河豚《ふぐ》の生血《いきち》のこつね……」

目を開けると煤《すす》の蔓延《はびこ》る天井に虚ろな視線を注いだ。

「………」

「もう少し我慢すっけん……」

母はそう言って重たそうに目を閉じた。

「まだよかつね……我慢でくっとね」

昭は確認するように問い掛けたが、答えはなかった。

銀杏の成熟した淫靡《いんび》な匂いが屋内へも忍び込み、眩暈《めまい》がするほど鼻の粘膜を掻き毟《むし》る。

熱くなった手拭いを取り替えてやった。それから母の横を抜け出し、朝飯を作る準備を始めた。

竈《かまど》に火を着けると手を翳して炙《あぶ》り、煙を身体に浴びて暖を取った。

昨夜の残り物を温めて母の口許へ運んでやった。

貧しい食事を終えると、昭は母の傍で凧を作った。竹籤《たけひご》を器用に組んで、障子紙を貼り付け、尻尾を取り付けた。

母が目を覚まして、何をしているか問うた。

「とおちゃんに手紙ば書くとたい」

「凧ば揚ぐっとね……?」

「そう！　雲ん上の仏さんに伝えてもらう……早う帰って来て、って」

「……」

母は静かに目を閉じた。だが痛みが襲ってきたのか、すぐに昭に背中を向けて、歯軋《はぎし》りしながら堪えていた。昭が擦ろうかと言うと、凧を早く作って揚げて来なさいと促した。

昭は凧紐を取り付けて、更につたない字で願いを書き込んだ。出来上がった凧を外へ持ち出し、陽の当たる家塀に立て掛けて干した。その横にしゃがみ込み、糊《のり》が乾くまで待った。父への願いが叶うよう、掌に数珠を転がしながら、和尚があげる御経を真似《まね》た呪文を唱《とな》えた。凧を片手に女郎花《おみなえし》の咲く野原へ向かった。ここは凧を揚げるのに好い風が吹くことを知っている。野原は霜が降りたためか、女郎花の群落は色褪せ、あるいは散り落ち、既に華やかさを失っていた。

昭は凧を持って走り回り、少しずつ高度を上げて行った。十米程揚げると上空に吹く川風を捉え、凧はぐんぐん糸車を引き回して空へ昇って行く。

悴《かじか》んで萎縮した雲が這う初冬の寒空を、風を捉えて凧は泳いだ。指先で凧糸を煽ると、凧は揚力を受けて更に舞い上がり、歓喜に慄《おのの》いて尻尾が靡いた。

雲の上の仏様に便りが届くよう、呪文を唱えた。勿論、父への願いも叶うよう、呪文をかける。十分に高く昇らせたあと、ナイフを取り出し、凧紐を切った。糸を切られた凧は風を捉えて漂い、次第に過ぎ行く雲に抱かれて視界から消え去った。

野原をあとにした。雑木林の中の小道を辿り、家《うち》へと向かう。

林を抜ける直前、上空に一筋の黒煙が勢いよく立ち昇った。林の上部に貼り付いた青褪めた空が赤く照らし出されている。

昭の心に不気味な思いが渦巻いた。その疑念が膨張して炸裂すると、引き寄せられるように駆け出した。

「かあちゃーん！　かあちゃーん！」

いつしか、行き場をなくした不安が叫びに代わっていた。靴が脱げるほど走った。落ち葉に隠れた石に躓《つまず》き、膝坊主をしこたま打ち付けても、すぐに起き上がった。林を揺るがすほど母の名を叫び続けた。

橅《ぶな》の林が途切れ、畑の向こうに我が家が見えた。

悪い予感が現実となり目の前に吹き荒れている。

昭は茫然と立ち止まった。

納屋が火炎に包まれている。

だが、幸いだった。母屋はまだ大丈夫のようだ。納屋と母屋との間には銀杏の大木が立ちはだかっている。血の気が引く中で、安堵が湧いた。最悪の事態は免れたのだ。

母ナオはこの世を生きる唯一の縁《よすが》である。万一のことが起これば、昭はどうすることもできない。抱き締めてくれるだけでよかった。側に一緒に寝てくれるだけでよかった。話を聞いてくれるだけでよかった。生きているだけでよかった。

自らの存在を認めてくれるたった一人の人間の存在が、昭に何事にも耐え得る強い心を与えていた。

昭は込み上げる涙を堪《こら》え、再び走り出した。畦の土に足を取られ、靴が脱げたが慌てはしなかった。母は大丈夫なのだ。汚れた足を冷静に靴に突っ込み、走り出す。

家へ近づくと、納屋を襲う煉獄に圧倒された。激しい黒煙が納屋の戸口から溢れ出し、火炎が崩れ落ちた板間から立ち上っていた。屋根から吹き出した炎は勢いよく上り、頭上を覆う銀杏の葉を吹き上げている。金色に染まった葉々も突然の不幸に逃げることもできず、葉裏を翻して火炎と酷熱にその身を晒している。納屋に蓄えた薪と柴が断末魔の悲鳴を上げて火の粉を外へ飛ばしている。

煙に巻かれながら昭は崩れ行く納屋を見詰めた。

悲しみが込み上げていた。火の気がなかった納屋が燃える訳はなかった。出入りするのは自分だけだ。直感的に村人の仕業と勘ぐった。

だが、それはどうでもよかった。

全身から溢れ出す悲嘆を抑えることができない。胸を焼く怒りを統制することができない。陥った虚無の洞穴の深みから這い出すことができない。

昭はせめてもの反抗に、唇を強く噛んでいた。それは自覚的なものではなかった。そうでなければ、全てを灰燼と化す火炎の中に引き擦り込まれそうだったのである。

母屋から声がした。母が助けを求めている。

その叫び声は萎縮した胸を奮い立たせた。更に魅惑する火焔の恐ろしさから救い出してくれた。空白の谷底から引き戻してくれたのだ。

昭は母屋へ駆けた。

「あきらー！　あきらー！」

母は煙が充満した土間に這い下りていた。息子の名を呼び、思い通りにならぬ足に拳を振り下ろしている。昭は自分よりも大きな母の身体を抱き起こし、背中に担いで引き摺った。重くはなかった。羽のように軽かった。だが、世界中の誰よりも重い、否、地球を育む太陽より恵み深い存在が背中に圧し掛かっていることを知っていた。

嗚咽する母を屋外へ連れ出し、煙が及ばぬ柿の木の下に座らせた。するとすぐに痛みがぶり返したようだ。悲鳴を上げながら手足を叩き始めた。昭は神々しい悪魔を慈しむようにその痛みを擦ってやった。

「火ん中で炙《あぶ》らるっごたる。納屋ん中ん薪が羨ましか……」

痩せた頬に饐《す》えた陽の光を受けて、母は燃え落ちる納屋を見詰めて涙した。

銀杏の葉が火焔に捲《まく》り上げられている。無秩序な漣《さざなみ》のように打ち震え、存在の危機を訴えている。梁だけ残した建て屋が赤くひび割れ、恨みがましい炎の飛沫《しぶき》を上げている。

昭は再び気が遠くなる思いに陥った。目に映る火焔に蹂躙された納屋が捨像され、迸《ほとばし》る炎だけが残り、網膜の底で怪しげに揺れた。

安子は葉をすっかり落とした柿の木の下で、凍えた空に泳ぐ凧を眺めた。凧糸を切られ、風に吹かれて彷徨《さまよ》いながら、雲の間に間に消えて行く姿を追った。そのあと西の空に、黒い煙が立ち昇って広がり、儚い霞のように消えて行ったのを見た。

安子は昼食時に、父親に願った。

「とおちゃん、昭くんとこへ行ってよかね？」

父は顔をしかめただけで、その願いを無視した。箸を止めて横から母親が諭した。

「安子、それは駄目って、何度も言ったろ！」

強い口調だった。安子は飯を頬ばったまま言い返した。

「命ん恩人よ。まだお礼も言っとらんとよ」

「それとこれとは別たい。安子ちゃん、親ん言うこつば聞いとかんね！」

祖母が間に入って、入れ歯をギクシャクさせながら嗜《たしな》めた。

安子は祖母を睨みつける。すると父親が持っていた箸と茶碗を台に置いた。

「雁輪寺ていう寺は、こん付近にはなかてぞ。お前は騙されとっとじゃなっか……あん子と一緒におっと、またとつけむにゃ《とんでもない》こつが起こっど。止《や》めとけ！」

最後は命令口調となった。

「……………」

安子は父の野太い声に気圧されて、食事を止めて俯《うつむ》いた。

確かに不思議な寺ではあった。山奥に壮麗な寺は似つかわしいとは思わない。だが昭と共に一夜《ひとよ》を過ごしたのは事実だ。優しい和尚と病気の女に親切を受けたのは夢ではない。昭に快活さを戻してくれたのは彼等であった。たとえ山太郎ガネの化身であったとしても、それは実際に目の前で起こったことである。家族のみんながいくら否定しても、昭と共に歌った歌はまだ胸の奥に残っている。通い合った優しさは今でもこの手の思い出である。

安子は席を立って縁側へ寄り、柿の木の上に広がる、凧が消えた寒空を見上げた。千々に乱れた幾つもの雲が速度を揃えて悠然と動いていた。

父の声が店先から聞こえてきた。

「かあちゃん、魚ば盗《と》られた！」

母が飯台を片付けながら応える。

「よかたい。魚ぐらい、くれてやんなっせ！」

「ばか！　河豚《ふぐ》たい！　一番高っかったい」

悔しそうな声が返ってきた。

居《い》た堪《たま》れなくなった安子は草鞋《わらじ》を突っ掛けて庭に下りた。先程と同じく柿の下に佇む。そして、熟した香りを漂わせる柿の実の間《はざま》に、寂漠と過ぎ行く雲に閉ざされた太陽の虚ろな影を、祈るように見詰め続けた。


その夕方、苦痛と高熱に耐える母ナオの呻き声を耳にしながら、昭はガネで味付けした雑炊を作った。

家の中が黒ずみ、戸口から入る薄闇が愛しさを増したころ、雑炊は出来上がった。熱い鉄鍋を竈《かまど》から持ち上げ、ナオの蒲団の傍《そば》に運ぶ。ランプに火を燈すと、ナオは痛みを堪えて起き上がり、目を細めて息子に感謝した。

母子は立ち昇る湯気を吹きながら箸をつけた。

だがナオには食欲がなく、食べる振りを装い、息子の様子を覗った。

「背中ん痒《かゆ》かつはどがんね……」

ナオは箸を持つ手を膝に置き、何気ないふうに尋ねた。

「かゆなか」

昭は茶碗を口に当て、箸で掻き込みながら答えた。

ナオは知っていた。背中の赤い斑紋がこれからどのような結末をもたらすかを。そのためか、熱に冒された虚ろな視線であるが、息子の無邪気な居姿から、離れることはできないでいた。

萎《しな》びた灯《あか》りが息子の横顔を仄白く照らし、もう片側は不明となるほど黒く沈んでいる。茶碗をかする箸の動き、顎を上下させ噛みしだく音、嚥下する喉の律動、それらが一体となって生命の生々しさを醸し出すと、待ち受ける運命の非情さを呪った。

竈《かまど》で残り火が爆《は》ぜ、小さな火花が闇の中に飛んで一筋の軌跡を残した。

昭が顔を上げると母の両目に涙が溢れていた。

「かあちゃん、痛かとね」

「少しね」

「あんまり痛かとなら言いなっせ。河豚《ふぐ》の生血《いきち》ば貰ってきたけん」

昭は心配して席を立ち、土間に下りた。

昼間、盗んだ河豚《ふぐ》を林の中で捌《さば》き、その血を瀬戸物の湯呑に搾り取った。不要な河豚《ふぐ》の身《み》を林の中へ放り込んで証拠を葬ったあと、湯呑を持ち帰り、土間の隅に隠しておいた。

その湯呑を大切に持って来て、鍋の傍に置くと、

「和尚さんの言いなはるごつ、効くとよかばってんね」

と母に期待を込めた笑顔を送り、再び茶碗を手にした。

ナオもそうねと頷いて、茶碗と箸を動かし始めた。しかし、二口、三口食べると再び箸を止めた。

ナオは鉄鍋の傍に置かれた灰色の湯呑に視線を奪われた。

昭の身体が動く度に落ち掛かる影が揺れ、湯呑の存在が怪しげに点滅した。包丁の刃先を突き付けられているように、心臓の鼓動が高鳴るのを感じた。それが高じると大地が裂け、突き上げてくる揺らぎとなり、両目を閉じて堪えた。

揺れが収まるのを待って、うなされるような声を絞った。

「熱ん出て来たごたる。身体《からだ》ん熱か……昭ちゃん、済まんばってん、井戸水ば汲んで来てくれんね……」

「甕《かめ》ん水じゃ、いかんとね？」

「冷たかとがよか。わがまま言うてごめんね……」

昭は茶碗と箸を置いて立ち上がり、壺を持って井戸端へ急いだ。

ナオは昭が戸口に消えるのを確かめると、河豚《ふぐ》の生血《いきち》が入った湯呑を持ち上げた。そしてそれを昭の茶碗に垂らした。素早く箸で掻き混ぜ、元通りに置いた。

昭は壺を抱えて帰って来ると、戸棚から新たな湯呑を取り出してきて、水を注いでナオに渡した。

「生き返るごたるね……こっで熱も収まるばい」

ナオは強張った疾《やま》しい頬に無理に笑顔を浮かべて感謝の気持ちを伝えた。

昭は安堵して食事を再開した。ナオは取り上げた箸と茶碗を手にしたまま俯く。

昭は残った雑炊を掻き込んだあと、満足そうに袖で口を拭った。

「おかしかね。口ん中がピリピリする……かあちゃんもするね」

「あぁ……ちょっとするたい。水ば飲みなっせ。口ん中ば濯《ゆす》いで飲み込みなっせ」

ナオは競《せ》り上がってくる罪を強引に飲み下しながら、口中に残留した魔薬を呑み干すよう、息子に促した。

昭は壺の水を雑炊茶碗に注ぎ、口に含み、頬を激しく動かしたあと喉を通した。

喉仏の一瞬の律動を見届けるとすぐに、ナオは茶碗を置き、こちらへおいでと昭を手招いた。

昭は気分が悪かった。どうしたことか、立ち上がることができなかった。板張りを這って、どうにかナオの膝元に達した。そして崩れるように胸に縋った。

ナオは両腕を昭の背中に回し、あるだけの力を込めて掻き抱いた。

全身を波打たせる激しい痙攣が昭を襲った。

ナオは最後の力を振り絞って、その痙攣をも胸に抱き留め、決して放しはしなかった。

昭も最後の力を出し切って母の胸から離れなかった。


数日が過ぎた。

朽ち逝く大地の色を映した雲の所々が綻《ほころ》び、うら寂しい光が漏れる午後であった。肌寒い風が吹いていた。校庭の脇では、居並んだ欅《けやき》にしがみついた枯葉が息絶え、人知れず舞い落ちている。丸坊主の桜木は梢を天に突き刺し、訪れる冬を待ち構えていた。

安子は迫った合唱大会の練習で遅い下校となった。刈り取りあとの青草が立った田圃が、両側に広がっている。課題曲を口遊《くちずさ》みながら歌に合わせてランドセルを揺らした。その歌は雑木林の中で昭と一緒に歌った秋の曲だ。

途中道端で、富雄達悪童が大きな声ではしゃいでいた。安子が通りかかると、富雄が、下手な歌は歌わんでくれ、とからかった。そして後ろ手に隠した山太郎の鋏を、急に振り翳して脅かした。思わず安子は悲鳴を上げ、身をかわして退いた。忽ち悪童達は腹を抱えて馬鹿笑いを上げた。

悪童達は捕まえた山太郎ガネを弄《もてあそ》んでいた。足をもぎ、鋏をもいで、残った胴体を棒で突ついている。可哀想だから止めなさい、と遠目に叱ると、邪魔するなと、冷ややかな笑い声で応えた。

安子は富雄を睨みつけた。

富雄が怯《ひる》んで形相を崩したとき、後ろにエンジン音が聞こえた。

振り返ると、小型トラックがでこぼこ道に車輪を躓《つまづ》かせながら近づいて来る。黒い排気ガスを雲のように従えている。青い車体の上に人の姿が見えている。

のろのろと近づき、子供達の側を通り過ぎる。運転席には白い帽子を被り、白衣を纏い、マスクで顔を隠した男が二人いた。後ろの荷台に立った男も同じく白尽《しろづ》くめだ。車体の横に保健所の名が記入されている。

安子は飛び上がって荷台を覗いた。何物かが横たわり、粗末な莚《むしろ》を被せてあった。無造作に二つ並んでいる。通り過ぎた車体の後ろに白い看板が架かっていた。読もうとしたが排気ガスに巻かれた。子供達は慌てて身体を背けて目を閉じ、口を覆った。

安子は気になった。身体を車へ振り向け、薄目を開けて看板の文字を読んだ。黒煙の中に更に際立つ漆黒の文字が、二段に分かれて浮かんでいた。

「らい患者　輸送中」

こめかみに激しい痛みが走った。安子は思わず駆け出さずにはおれなかった。意味がわからぬ悪童達の視線を尻目に闇の中を追いかけた。

吹きかかる瓦斯《ガス》が喉を炒《い》り、鼻を塞ぎ、両目を潰した。それでも背中にランドセルを揺らしながら、黒煙を吐くトラックのあとを追った。

いつしか昭の名を叫んでいた。繰り返し、繰り返し、叫び続けた。

菊池川に架かる木造の橋へ差し掛かると、トラックは急に速度を早めた。安子は着いて行けず、黒煙に巻かれて遠ざかる後ろ姿を見送った。

枯れたオギ葦に褐色調に縁取られた菊池川は、寒空を映して音も立て得ず流れていた。ただ風が渡ると銀白の花穂が波打ち、川面に漣《さざなみ》が広がって儚《はかな》い痕跡を残すのみであった。

完

（付）ハンセン病について

明治六年　ライ菌発見
昭和六年　「癩予防法」制定
昭和二十一年　日本で特効薬プロミン合成に成功
昭和二十三年　プロミン投与開始
昭和二十六年　全快者の退院始まる
昭和二十八年　「らい予防法」制定
平成八年　「らい予防法」廃止

# あとがき

今回、花伝社平田勝氏のご好意で新著を出すことになりました。

出版に当たって原稿を読み直しますと、ハンセン病国賠訴訟が争われていたころの思い出が途切れなく溢れてきました。

当時、ハンセン病療養所に暮らす人々は「お国を訴えることなんて、とんでもない」という考えが大勢を占めていました。そのため原告達は仲間からも冷たい視線を浴びていました。原告の数はなかなか増えませんでした。全国で五十人にもならない状況がありました。私が住む近くの療養所では十人にも達しない状態が長く続きました。原告達にとって困難で厳しい時でした。

しかし、彼らの顔には笑顔がありました。握り合う手は温かでした。足をなくし、視力をなくし、指をなくし、体は不自由でしたが、彼らは背筋を伸ばし、遠くを見詰めていました。その目は輝いていました。

私はその姿にどれだけの勇気を与えられたかわかりません。

これらの小説が生まれる基盤がそこにあったような気がします。

九〇年後半から、二〇〇〇年初頭にかけての療養所を取り巻く状況に触れて頂けたら幸いです。

武村　淳

**武村　淳**（たけむら　じゅん）
福岡県久留米市生まれ
熊本大学医学部を卒業し、内科医として医療に従事。元菊池恵楓園医師。
熊本大学講師。元熊本学園大学講師。「ハンセン病国賠訴訟を支援する会・熊本」会長。
『九州文学』『詩と真実』同人
著書　『新版　楽々理解ハンセン病』（編著　花伝社）
『ハンセン病問題　これまでとこれから』（共著　日本評論社）
『ニュースキャスター亜紀のハンセン病取材記』（熊本日日新聞情報文化センター）
『ニュースキャスター亜紀の宮古島取材記』（熊本日日新聞情報文化センター）
『神々が見た夢』（九州文学社）
『故郷へ帰りたい』（九州文学社）

**百年を啼く鶯**

2005年11月10日　初版第1刷発行

著者 ――― 武村　淳
発行者 ―― 平田　勝
発行 ――― 花伝社
発売 ――― 共栄書房
〒101-0065　東京都千代田区西神田2-7-6 川合ビル
電話　03-3263-3813
FAX　03-3239-8272
E-mail　kadensha@muf.biglobe.ne.jp
URL　http：//www1.biz.biglobe.ne.jp/~kadensha
振替 ―――00140-6-59661
装幀 ――― 澤井洋紀
印刷・製本 ―モリモト印刷株式会社


ISBN4-7634-0453-9 C0093